作者带领部分诗友在合川钓鱼城采风

作者带领部分诗友在剑门关采风

作者及夫人和部分学生

南苑诗社诗歌创作与鉴赏培训会

作者 2019 年 12 月接受中央电视台发现之旅频道采访

作者与诗友合影

作者在东序学校察看修建工作

# 闲适堂·刈余集

邓 辉◎著

团结出版社

**图书在版编目（ＣＩＰ）数据**

闲适堂·刘余集 / 邓辉著 . -- 北京 : 团结出版社，
2023.1

ISBN 978-7-5126-9926-7

Ⅰ . ①闲… Ⅱ . ①邓… Ⅲ . ①诗集－中国－当代
Ⅳ . ① I227

中国版本图书馆 CIP 数据核字 (2022) 第 229968 号

出　　版：团结出版社
　　　　　　（北京市东城区东皇城根南街 84 号　邮编：100006）
电　　话：（010）65228880　65244790
网　　址：http://www.tjpress.com
E-mail：65244790@163.com
经　　销：全国新华书店
印　　装：廊坊市海涛印刷有限公司
开　　本：185mm×260mm　16 开
印　　张：30.25
字　　数：200 千字
版　　次：2023 年 1 月　第 1 版
印　　次：2023 年 1 月　第 1 次印刷

书　　号：978-7-5126-9926-7
定　　价：98.00 元

## 邓 辉

原名唐纪森、唐渊，汉族，中学高级教师，重庆市作家协会会员，重庆市大足城南教育集团理事长，全国民办中小学优秀校长，新中国成立60年重庆教育知名人物。

曾任重庆市人大代表、大足区人大代表，现为中国民办教育协会小学初中分会理事、重庆市民办教育协会中小学专委会理事长、诗刊社《中华辞赋》杂志理事长、《诗词世界》杂志理事长，从20世纪60年代开始写诗，已出版个人诗集《闲适堂诗词选》（上下册）、《闲适堂风雨集》（三卷本）。

# 慷慨以任气，磊落以使才

江　岚

作为诗词编辑，所读当代诗词作品不可谓不多，结识的当代诗人词家亦不可谓不多，其间成就卓然，风格独具者亦不乏其人，但若论"慷慨以任气，磊落以使才"，恐唯有邓辉先生足以当之。

邓辉先生少孤贫，曾流落街头数年，遍尝人世辛酸，也正因此铸就桀骜不驯、坚韧不拔的品格，发之于诗，便体现为典型的"慷慨以任气、磊落以使才"的个性与风格。

此十字典出南朝梁刘勰《文心雕龙·明诗》篇。"暨建安之初，五言腾踊，文帝陈思，纵辔以骋节；王徐应刘，望路而争驱；并怜风月，狎池苑，述恩荣，叙酣宴，慷慨以任气，磊落以使才；造怀指事，不求纤密之巧，驱辞逐貌，唯取昭晰之能。"大意是称道建安诸子崇尚风骨，不事纤巧，秉笔直陈，力求明白畅达，和"俪采百字之偶，争价一句之奇，情必极貌以写物，辞必穷力而追新"的南朝诗风有本质的区别。而在技巧唯上，务求形似的当代诗坛，邓辉先生上追建安，风骨凛然的诗作就显得尤为可贵。

兹举数例为证，比如《游子吟》：萍踪浪迹向何方，望断烟霞路渺茫。剩饭残羹无半口，寒风冷泪有千行。厕灯伴读风中雪，童梦流连树下床。自诩天生非鹨雀，云空万里任翱翔。此诗读来令人心酸。对于童年所遭受的苦难，作者之所以念念不能，意在以此警醒自己，勉励自己，唯其如此，才能有目前的成就。弱者在苦难面前俯首听命，只有强者敢于直面苦难，挺起脊梁，差别只在有志与无志而已。古人说，少年当自强。少年若能自强，则终生受用不尽。

再如《深山竹》：浮筠簇簇露峥嵘，傲雪披霜挺若旌。偏爱云岚偏喜岭，不嫌贫瘠不簪缨。

山中直节唯君瘦，世上冰心数我贞。十级狂风头略点，从来宁折不偷生。咏物明志，极见个性，非有傲骨壮气者不能为之。

又比如《暮登黄山》：黟山万仞入层霄，一上天梯胆气豪。白雾腾腾吞白日，狂风阵阵卷狂涛。啸声浩浩松犹静，险路迢迢岭自高。谁惮艰难忧冷暖，拨云赶月任逍遥。意气风发，勇往直前，愈挫愈强，老而弥坚。所选意象多宏大壮阔，概括性及感染性极强。此诗颈联最可观，见作者之节操。

又比如《复友人劝息肩》：石破天惊一闪光，流星焚骨赴汪洋。羸牛负重翻高岭，漏舫迎风过大江。莫叹无能担道义，应须有意做椽梁。人生不死谁曾见？岂以时间论短长！近年民办教育法规的修改，诗人也承受了很大的压力。"羸牛负重翻高岭，漏舫迎风过大江"，可谓时下处境之生动写照。由于年事已高，有人劝其不妨息肩静养。但以作者刚强之个性，是不肯服老认输的，故卒章明志，以诗婉谢。豪情壮气，读来令人感佩不已。

　　此类慷慨多气之作在邓辉先生诗集中可谓俯拾即是，不胜枚举，构成邓辉先生诗作鲜明的以气为主的特点，要么体现为一种气概，在命运或恶势力面前誓不低头、抗争到底的气概；要么体现为一种气魄，敢想敢干，敢做大事，敢当大任，敢为天下先的气魄；要么体现为一种气势，藐视一切困难，蔑视一切恶势力的气势。曹丕《典论·论文》开篇即说："文以气为主"，诗何尝不然？清代朱庭珍《筱园诗话》卷一亦云："盖诗以气为主，有气则生，无气则死，亦与人同。"古人论李白诗，皆着眼于气，如苏轼说李白"气盖天下"，明代王世贞说"太白以气为主"，清代叶燮更明确指出李白"非以才得之，乃以气得之。"邓辉先生之诗有此三气，亦可以无愧于诗人之目也。如果说还少点什么的话，可能是气韵吧，这和一个人的气质有关。邓辉先生作为当代民营教育家，在当地有极高声望，更有一个极响亮的绰号。对于这个绰号，邓辉先生似乎感到很自豪，就是当地人称他为邓土匪，这可能和他民办学校而非公立学校一校之长的身份有关，但更是他个性的绝妙写照。有此雅号，少些气韵似乎也就不奇怪了，我想放在古代，邓先生可以做慷慨从军的鲍照，未必肯做归隐田园的陶渊明；可以做"十步杀一人，千里不留行"的李白，未必肯做吃斋念佛的王维，气质使然也。诗仙、诗圣、诗佛、诗鬼、诗魔、诗王、诗豪都已名花有主，邓辉先生则不妨称之为诗匪，但可惜邓先生写诗于格律方面要求甚严，规规矩矩，从不破律，并无丝毫匪气，所以称之为诗匪并不贴切。总之，邓先生为人刚毅坚强，洒脱豪迈，其诗雄浑壮阔，颇有刘禹锡诗风的豪气，真正做到了"慷慨以任气"。

邓辉先生除了诗有建安风骨令人钦佩之外，在诗的高产方面也让人惊叹不止，堪称"磊落以使才"的典范。他是一位民营教育家，由他一手创办的大足城南中学从小学、初中到高中，拥有好几处分校。作为董事长，工作之繁重可想而知。但令人惊奇的是，随着办学规模逐年扩大，邓辉先生诗的产量不仅没有递减，反而几乎以日产一首的速度在递增，而且绝非老手颓唐，率尔操觚，这就不得不让人佩服其才气之宏大，才思之敏捷。

就质量而言，也是逐年攀升，每一首都有可观之处，不仅七律日见老辣，其他体裁也颇多佳章。

比如《怜弱鸟》：残阳无力抗寒风，颤颤巍巍下九重。小鸟扑腾何处去？严霜冷露苇丛中。诗作明白如话，无须过多解释。令人感动的是诗里呈现出的一颗仁者的悲悯之心。在一个隆冬的傍晚，寒风呼啸，残阳都被吹得颤颤巍巍地从高天滚落下去，可以想见寒冷的程度。诗人也许穿得暖暖和和，也许正忍受着寒冷的折磨，但诗人无暇自顾，却被眼前一只小鸟的困境所深深打动。"扑腾"一词显示小鸟的情况已经不妙，但就是这么一只受伤的小鸟又能到哪里寻找避风港呢？它只能依然露宿于霜寒露冷的芦苇丛中，其结果之悲惨可想而知。一只小鸟多么不起眼，其他人或许根本注意不到，即使注意到了也不会有何感想，但邓辉先生不一样，也许他从眼前这只可怜的小鸟想到了自己到处流浪的不幸的童年吧。诗句极其朴素，毫无技巧可言，而实际上技巧在此也毫无用处，反而会破坏诗的朴素之美。正是这种朴素之美才产生如此震撼人心的力量。

又如《饮茶翁》：眉长髯白胖仙翁，一盏清茶说笑中。论罢玄黄今古事，斜身靠椅眼迷蒙。此诗白描甚见功力！如果只是眉长髯白，可能是一位令人肃然起敬的清癯的仙翁，但一个"胖"字，令人捧腹的喜剧效果顿时就出来了，原来是一位大腹便便的白发老翁。第二、三句做了简要的铺垫之后，尾句就更为传神：斜着身子靠在椅背上，眼光迷离，似乎世事早已被他看穿参透了。整首诗堪为老翁之写照，颇具漫画色彩。

又如《周末闲吟》：匀来半日好心情，品茗南山六角亭。不为繁花迷乱眼，闲听小鸟唱嘤嘤。从诗里可以看出作者是个大忙人。难得半日清闲，更难得心情也是格外的好，南山之上，六角亭中，一壶香茗，何等惬意！这本来只是一首普通的闲适之作，但从第三句"不为繁花迷乱眼"仍然可以看出作者的高洁品格，能在纷纭世态中保持镇定和超然，能以一颗童心饶有兴趣地欣赏小鸟嘤嘤的叫声。可见诗好不在境界之大小，能够给人带来审美的愉悦就好。

再来欣赏《笔架山公园写真》：又抚琴弦又

唱歌，翩翩起舞影婆娑。远观疑是穿花蝶，飞去飞来半草坡。公园是集体活动繁多的场所。起句连用两个"又"字，一开始便给人以眼花缭乱、目不暇接的感觉，现场感很强。次句写舞影翩翩，身影婆娑，也极富形象感。第三句在次句的基础上再递进一层来写。其实，从次句只见"影"不见人，就可以看出作者必然是在"远观"。唯其远观，所以才会"疑是穿花蝶"，从比喻的角度进一步描绘舞影之美妙。有了前面充分的铺垫，结句就更显得绘声绘色，异常生动。从整首来看，白描固然可取，而准确生动的比喻可以说是这首诗之所以成功的诀窍，可见比喻得好，可以取得以少胜多、事半功倍的效果。

《吃野苦菜有悟》也颇值得玩味：琼茎玉叶出深山，热熟凉生各入盘。细嚼方知人世味，绵绵苦过有余甘。此诗若出自他人，或许是故作深沉之论。但对于少年曾经饱受磨难的作者而言，却显得格外真实有说服力。遣词工稳，音节清脆，立意深刻，堪称佳作。

最后再来欣赏邓辉先生一首五律——《为所

见某人画像》：升迁终有道，懒得理平民。骨媚居高位，才庸窃要津。行尸三十载，赘肉百公斤。大树轰然倒，猢狲咋护身？人们历来崇敬清官和能吏，痛恨或鄙视贪官和庸官。清官和能吏自不必说，他们是官场的良心，是社会秩序的制定者和维护者，一个国家的政治是否清明且高效，是和清官的形象与能吏的才干分不开的。但是有制定者和维护者，就有反对者和破坏者，这种负面的力量主要来自贪官和庸官。贪官敢贪也能贪，说明他们有头脑，并且敏于行动，这两方面要远远高出庸官，所以为害甚巨。而对于庸官，人们似乎更多的是鄙视乃至于同情。认为他们才能平庸，并且懒惰，虽然对社会没有太大的贡献，但也危害不大。其实不然，贪官毕竟不多，而庸官到处都是。他们罔顾大家，只想小家；缺乏理想，却极为现实；缺乏骨气，却善于投机；才能不足，却媚气十足；才具不大，却往往能够窃居高位。这种人不求有功，但求无过，一日三餐，得过且过，无功于国家，却有碍于社会的进步和政治的清明，就像弥天浊雾，中人于不觉，杀人于无形，范围之广，程度之深，其实要远远大于贪官，只是人们熟视无睹，渐渐与之同化矣。此作对于庸官的刻画真可谓入木三分，鞭辟入里。

魏颢序李太白诗集云：蜀之人无闻则已，闻则杰出。即以当今国内旧体诗发展现状而言，巴蜀诗坛也是名家辈出，高居前列。邓辉先生乃蜀人，这是邓辉先生之幸，也是巴蜀诗坛之幸。谨以拙文祝邓辉先生诗集之出版，祝巴蜀诗坛再添异彩。

## 作者简介

江岚，1968 年出生，河南省信阳市人，中国人民大学古代文论专业硕士，曾供职于全国总工会教科文卫工会，现任《诗刊》社编辑部副主任、《中华辞赋》杂志副总编辑。

# 遗石藏真玉　另编涵翠珠

郭　云

　　沿题而论，所谓《闲适堂·刘余集》是邓辉诗家在出版诗集时所删除了他认为非精品的部分，留下了优秀的作品。

　　我与邓辉诗家有近二十年的老故交了。交往频繁，谈论广远，为了诗曾同游山水、体味自然，同论诗说道、求索深浅，时有酬唱、交流情感。对于他的人生经历、遭遇等或许比别人了解得要多些。他经历的岁月、度过的日夜、走过的足迹是十分令人心酸的，恐怕用"寒苦"一词是远不能覆盖他少年时期生死拼搏的内涵。正如他在自序中写道"浪迹江湖六载。此六载，居无定所，食不果腹，衣难蔽体，几为饥寒致死者数也"。此种情景令人窘迫无奈。尽管如此，邓辉诗家没有间断读书吟诗，尤对于唐诗宋词情有独钟，铭于肺腑，溶于血液。他曾"囊萤映雪"，倚月苦读。如他写道"愚仍负书一筐，于街边、桥下伺机苦读"，这都是他流浪时期的真实情况。

邓辉同志是当代诗人中最有成就者之一。他情趣广泛，情系家国，创作的题材多关国计民生，即使抒发儿女情怀的作品，也亦是境界高雅，积极健康，具有很好的社会感染力。他的作品颇有个中滋味，在当代诸多著名诗人中可谓独树一帜，别具一格。一定意义上讲，如何把时代的精神与古典诗格巧妙融合，并走出新路，邓辉同志是先行了一步。他有一双超凡脱俗的眼睛，敏悟超群，所以他的作品总是立意高人一筹，意奇且秀臻之美；并多有凌厉峭拔之感，可谓警策拔俗令人惊异，同时积极追求理高、意深、思新、词婉的审美境界，创作出渐臻佳境之优秀诗篇，已到了"语不惊人死不休"的境界。

邓辉的诗格，不仅语言慷慨激昂，爽快警拔，同时十分注重语言含蓄温婉的修养。为了提高语言表达效果，使之准确、鲜明、生动，他十分追求修辞艺术的应用，注重语言的通透圆润。不少诗句属于珠玉皎洁，鲜丽旖旎，流星过眼以便达到含蓄、幽默、温婉之美的好句，这些尚需读者在研读中深层次感悟。下面我就邓辉的《闲适堂·刈余集》谈几点粗浅看法，仅做抛砖引玉的效果。

## 一、欲识无弦趣，还须脱俗人

邓辉的作品很多犹如一架"无弦琴"，其意趣高雅，不同流俗。欲解诗中滋味，没有沉怀味道、超脱世俗的虚静境界是不可能的。或者说要有"致虚极，守静笃"的境界，方识弦外之趣也！如他的《秋晨远眺》：

### 秋晨远眺

登高穿雾帐，四顾路茫茫。

岭峻崖生险，秋深露转凉。

清宵怀菊梦，晓鸟断人肠。

怕见南归雁，故园山水长。

该诗借景抒情，诗人借登高后所展望的情景，揭示诗人内心的情绪，达到抒发情感的目的。前四句诗人塑造了登山后的一幅画景，以写实为主。"登高穿雾帐，四顾路茫茫"，尤"雾帐""茫茫"表现了诗人当时的内心情绪无所适从，一片茫然。接着的"岭峻崖生险，秋深露转凉"，层次进一步深化，本来就看不清前景，一片模糊，结果又面临悬崖峭壁，一片深秋气象有几分冷意寒战，欲行不得，欲静不能。可谓一个尴尬场景也！

后四句"清宵怀菊梦，晓鸟断人肠。怕见南归雁，故园山水长"，另辟蹊径重点以抒情的艺术手笔揭示内心的情绪冲动。"怀菊梦"是对林黛玉"菊梦"的化用，并从中翻出新意令人敬佩。林黛玉"菊梦"中有"忆旧还寻陶令盟"，反映了潇湘妃子一心追求超脱世俗的人生观和价值观。"寻陶令盟"可见视陶令为知音也！

邓辉的"怀菊梦"句更高层次反映了诗人高尚的人格境界，以及他孤特高洁的"春露不染色，秋霜不改条"的秉性，与社会上那些鄙俗丑陋的现象是不能融合的。诗人梦里吟诗赏菊体验着一种孤高坚贞的滋味，可惜鸟声却打断了这样一个好梦。

尾联"怕见南归雁，故园山水长"直抒胸臆，诗人用了借代的修辞手笔，用"怕见南归雁"来说明诗人思乡之切。一看到大雁回归就说明一年光景又过去了，诗人也一天天地变老，故乡安度晚年之梦难圆，故云"故园山水长"。

诗人用"故园山水长"结尾可谓有令人不尽之味道也！别有声外之远。当看到大雁的回归一年即将过去时，这时更将激起了诗人十分留恋家乡的念头。故园的一草一木、一山一水，曾经陪伴诗人走过坎坎坷坷的足迹，度过忧愁苦乐的岁月。那种月是故乡明，水是故乡甜，即是草也是故乡绿。此时这些或许相继涌出，并将深深地给诗人留下不可磨灭的烙印。一个"长"内涵丰富无极，张力大而无边。

另如《暮听箫声有感》一诗则彰显了邓辉诗的另一面：含蓄、深沉和柔婉。

### 暮听箫声有感

斜阳正好白云轻，一曲清音别样情。

昔日黄昏人约误，至今惶恐怕箫声。

一首小诗可谓意趣百般，令人回味。该诗给人的艺术表现，主要是光芒内敛，情在词外。字面上似乎看不到诗人想要说的主题。好像没有写完，但读起来令人深沉幽邃，像罩月笼烟的玫瑰，含糊迷蒙，愈想看清究竟，愈不易接近。悟百种答案不为其多，可谓蕴藉至臻，余音袅袅，别有神韵之味。真乃"诗思清如水，毫端妙入神"（杨无咎句）矣！

总之邓辉诗家的作品，就像一台无弦琴，"但识琴中趣，何劳弦上声"！欲识琴中妙趣必须"沉怀味象"，"疏瀹五藏，澡雪精神"远离尘俗的境界。

## 二、扁舟常备压舱石，敬业无关疾苦多

我们先读一首邓辉的《古稀抒怀》：

### 古稀抒怀

七十人生路几程，弯弯曲曲向云旌。

登峰不惮悬崖险，涉水偏拼激浪惊。

虎啸森森腥雾起，鹏飞浩浩飓风生，

昆鸡岂晓雄心在，乐在黄昏夕照明。

该诗大概能概括邓辉同志的人格、秉性、思想境界及高尚的家国情怀。首联"七十人生路几程，弯弯曲曲向云旌"是诗人人生的定格。"路漫漫其修远兮，吾将上下而求索"就是邓辉初心的象征。"云旌"是追求一种高尚美的精神境界，是向高峰攀登的体现。邓辉就是这样一个高人格、守坚贞、亲廉洁、忠事业的诗人和教育家，可以说他的经历是在跌宕中攀爬，沉浮中发展，失败中成功的。他即使古稀之年依旧雄心不减，壮士的心态依然"乐在黄昏夕照明"，继续为党和人民做一番事情。

他的每首作品中几乎都贯穿着一条积极进取的红线。他是一位出彩的当代诗人，更是一位有成就的教育家和社会活动家。他爱学子如子女，关怀教师如同手足情怀，时刻体验着"灯下龙蛇心杳渺，案头血汗夜苍茫"（《赠南中教师》）的艰辛。他满眼只有"新苗出土新希望，大树参天大栋梁"（《赠南中教师》），对前程总是"待到风清秋月朗，盈盈浅笑向辉煌"（《赠南中教师》）充满着无限的希望与光明。这样的一位诗人、一位高层次的教育家一定会得到社会的认可和景慕。

他有这样一首诗《闲坐听美蛙声》附下：

### 闲坐听美蛙声

凉风习习向云旌，仰望飞霞送雁行。

独傍疏篱高蔓架，闲吟小令好心情。

绿浓景漏斑斑影，池浅荷摇细细声。

最厌蛙歌洋曲调，迁来东土不更名。

诗的前三联平稳娴静，有一种波澜不惊之感，只是塑造了一个宽松的环境和心境，显得诗人有一种爽朗的好心情和一个闲适的场景，没有什么特别，贵在尾联其笔端突然发力，给人出其不意。其张力千钧之势，令人勃然生动之感，使得该作品"意之条理，笔之锋刃"，字字立得起敲得响。无疑对社会上那些崇洋媚外的政客、各歪风邪气的社会鄙俗，是一个极妙的讽刺。在他的心灵里，岂容墨尘匝地，妖歌四起也！还如：

### 见抛荒地

膏泥一寸值千金，不见嘉禾见草深。

试问农夫何处去？棋牌桌上混光阴。

都是对社会上扭曲现象的一种揭示与讽喻。这些小诗张力无限，其笔外有意，弦外有音，无论是体物肖形，传神写意，还是寄情寓理都别具一格，颇有个性，令人击节赞叹！

邓辉同志的作品总是充满着正义感。读完他的作品总会给人一种力量、一股正气、一份光明。他清正廉洁，心怀大爱，敬业守责。"但将欲念风吹散，留取冰心不染尘"（《遣怀》）已成为他的行为准则。几乎所有作品都闪耀着他奉献的火花。他常常用自己有限的积蓄捐赠给诗词教育等单位，支持和发展传统文化事业，做出了积极的贡献，应该说他是一位拯救古典文化、传承发扬古典诗词的光荣使者，堪为人之典范，令人一唱三叹也！

## 三、久卧松云修境界，贯行峰谷度胸怀

邓辉同志有一双阳光的眼睛。他眼力高远，胸襟豪迈，气度雄浑，他的作品中多有流露出高昂的情绪和超然的境界，尤其在逆境中总是表现出一种"望远添情趣，登高扫俗心"（《忆南山

文技校》）的乐观与信心。在其心理上更是"天梯连浩宇，邀我上灵霄"（《夜梦飞天》）的浪漫与超脱。它既有站在巅峰之上的千里之目，又有深沉与僻静幽谷之中的襟怀，所以说他的作品是他情怀的写照，又是他足迹的留痕。应该说他的诗比他的自传表现得更为切实，鲜活，华丽。下边读几首作品可展示邓辉诗家的胸怀与远、乐观与浪漫。

## 南山亭

檐飞六角势凌云，一望千山满眼春。

目送滔滔东逝水，独撑风雨镇乾坤。

"一望千山满眼春""独撑风雨镇乾坤"，可谓乐观与浪漫双胞儿也！千里春山可一饱眼福，尽收眼底，好个光明前程。独挡风收雨，管控乾坤，堪比"仰天大笑出门去，我辈岂是蓬蒿人"的气势，岂能不令人之美矣。下面几首都清晰地闪耀着邓辉诗家——激情喷涌，遒劲雄浑，豪迈气质的火花，同时又境界积极，婉转回荡，充满着家国情怀崇高境界。还如"眼里乾坤大，心中日月长""且把寒流缚，轻抛入大洋"，该诗不仅场景鲜活，境界开阔，更具有笔力豪隽，气宇轩昂，令人秀拔孤峰之劲。"眼里民生大，心中道路长""宦海波涛激，扬帆自远航"（《送勇武书记履新》）、"闭门十日无佳句，迈步三寻有好诗"等都反映了诗人有拔尘俗、亮高节、豁眼界的胸怀与风格，充分凸显了诗人高人一筹的思想与艺术境界。

诗人不仅有"劲节亮不改"，节高心贞一扫世俗的孤高出群竹之风度，同时具有幽篁的绕阶萦窗入俗随乡的亲民的品格，恰似"聊将仪凤质，暂与俗人谐"（卢照邻句）的接地气、近风情、体民生的格调，如他的"阳春和寡卿云少，下里巴人是我师"（《雨后独步得句》）就充分反映了诗人美好的思想境界。

综上所述足以说明邓辉作品有如"明净如乱山积雪，高远如长空片云"（谢榛句），可谓"令人神飞扬，临春风，思浩荡，心旷神怡之畅也"值得一读的精品之作。

总之，邓辉的《闲适堂·刘余集》颇有个性，充分展现了诗人的创作风格。其内容丰富多彩，情趣广泛，不仅有充盈的时代特色，同时能吸取传统的诗词技巧与理念，并融入于时代精神化为新的精神产品。这一点上邓辉同志是有卓越的成效，走出了一条新路，所以他的作品有严格的古典诗词的硬件与软件的体现，同时有清新流畅、鲜活美感、丰富的情感，并突出时代文学的先进性，做到隐与秀（含蓄与壮溢）统一，显得作品意味千般，富有张力，隽永深长。无论是从艺术技巧，还是语言功底、赏美理念、思想境界等都是值得一读的一本好书。至此，我以一首小诗作结吧：

**读邓辉诗有感兼贺《闲适堂·刈余集》付梓**

率意诗家风骨真，怀藏奇璞出凡尘。

余篇上下千般味，苦辣酸甜皆是春。

是为序

郭云于 2022 年 8 月 12 日丽水斋

壬寅年七月十五日

# 作者简介

郭云，（笔名：竹风，字：渊谷），中华诗词学会会员，北京，山西诗词学会会员。现任中华当代文学会副会长，《诗词世界》杂志社主编。全球汉诗总会北京联络处、大竹诗词学会、南苑诗社、邢上诗文社等顾问，九子吟坛社副社长及古典诗词导师。北京东方伯乐诗书画研究员兼客座教授等。有工程师、高级政工师、专家职称。

# 自　序

　　愚幼孤贫，入读初中三月被精简，为谋生计，浪迹江湖六载。此六载，居无定所，食不果腹，衣难蔽体，几为饥寒致死者数也。即如是，愚仍负书一筐，街边、桥下伺机苦读，尤嗜读唐诗宋词。

　　愚拙词《浪淘沙·忆昔》下阕中，曾云："聚散也匆匆，共诉情衷，川南陕北又黔东。流浪难抛书一篓，贫苦用功。"尽管此词以意境论，似未入流，然此乃愚颠沛于江湖之写真。

　　后于大足城南务农十载，昼耕夜读。其时入心多块垒，欲喷而泻之，然终无泻泄之法，于是乎，将非诗词而自诩为诗词者，胡乱涂写一气。

2011年，已年过花甲之愚，方知好诗者，并非能吟出好诗，于是便渐习韵律，虽大有东施效颦之态，亦不揣媸陋，朝暮习之。

所幸者，因习韵律，得识京中江岚、刘庆霖、杨志学、郭云、刘宝安、刘先森诸大家。因近其朱而濡吾于赤，近其墨而染吾于黑，一言以蔽之，受益颇多。

然，京中诸君之长却为吾之短，因吾诗多为怒目金刚语，而少美眸顾盼之色。

之所以如是，皆缘于吾少小孤贫，少受人青睐与尊重，而常受之白眼与鄙视。故诗中多愤激语，应为情理中事。

愚少小虽孤贫，却偏怀云心，从不悲命舛，亦不甘沉沦，故以挣扎拼搏为常态。如是桀骜，岂能不流于笔端而形于诗文乎？是以吾之诗，激昂句众而温婉语寡也，此若为当下诗词界之青睐，则为怪哉矣！

愚幼穷窘，稍长入城南，躬耕山乡，时迷茫不知去向，故好读诗醉酒，曾有诗句云：对月长吟诗下酒。亦有《忆昔诗佐酒》一诗为证，诗云：

一杯冷酒十行诗，高唱低吟觅子期。

工部佳肴香混沌，乐天陈酿醉迷离。

萧萧雨雪当年式，滚滚风涛过去时。

枵腹充饥餐锦绣，醺醺起舞独狂痴。

喜读嗣后便试写，后竟为此而痴迷。

愚正式出版之《闲适堂诗词选》及非正式付梓《闲适堂·风雨集》，共收集诗词三千余首，若究其特点，愚以为有三：一题材广泛；二烟火气浓；三无论写景或人，抑或遣怀，无一不彰显或隐含是非爱憎，不痛不痒之句，纯风花雪月之气似乎与愚诗无缘。

欣逢盛世，多为卿云之调应为当然之事；然，知今是昨非，以昔为鉴，为烛今日，亦未尝不可。

值此《闲适堂·刘余集》及《郢匠薪传》正式付梓之际，赘以数言，以为《自序》。若有谬误，敬候大师巨椽指正之。

闲适堂主：邓辉

于壬寅仲夏

## 五绝

## 五律

## 七绝

# 七律

## 词·古风

# 山 夜

峰前沙似雪，草上月如霜。

鸟唤魂飞远，羁愁满异乡。

1967 年季秋于大足玉龙山

# 无眠夜吟

鸟奏空山曲，风添野趣声。

人踪湮没尽，独坐望长庚。

# 观 潮

风啸千军动，潮来万马奔。

声宏雷电怒，气壮震乾坤①。

注释：
①乾坤：此处泛指天地。

# 江干①听曲其一

一曲江河水，悠悠万古愁。

斯民多少泪，汇入碧波流。

注释：
①江干：岸边，江岸。

# 诬告者

蚍蜉①三两只，难撼树千寻②。

力尽将临死，怨根粗又深。

注释：

①蚍蜉（pí fú）：一种体形相对较大的蚂蚁，喜欢生活在潮湿温暖的土壤之中，有一定的毒性。常用来指不自量力的人。

②千寻：古以八尺为一寻，"千寻"形容极高或极长。

# 晨练喊山者

雌雄狮子吼，穿雾破长空。

鸟怒高飞急，人惊绮梦中。

# 晓　月

如梳又似钩，碧海一扁舟。

驶向天涯远，能来大足游？

2015 年 9 月 6 日

# 新 月

弯月似银镰，高悬在九天。

若能收稻麦，何不到人间？

# 鹅卵石

他年藏峻岭，今日卧河滩。

棱角销磨尽，心存铁样坚。

# 江边望月牙

信步江边望，风清浪自慵。

银钩垂碧水，可是钓天龙？

题解：

晨信步江边，碧空似海，月牙似钩，口占以记。

# 忧 农

田家谁种地？入眼尽抛荒。

荆棘膏泥满，粮油自远洋。

# 晚 菊

霜欺山菊瘦，死蕊不离枝。

问岂长相守？皆因一寸痴！

# 暮秋林晚

秋暮疏林醉，红霞挂树梢。

飞飞黄蝶舞，满目竞妖娆。

# 梦随红军征战

霜月映红星，潜行马不惊。

一通军号响，我已下坚城。

# 服降压药

天天服药丸，求健欲延年。

药伴光阴老，钱消病却添。

2014 年 3 月 12 日

# 嘉陵晚照

江岸峰头望，斜阳下翠微。

船犁千浪涌，雁掠彩云飞。

2012 年 6 月 7 日

# 渔 者

日月涛中过，风霜度五津。

摇船轻恶浪，撒网重银鳞。

后舵观弯直，前梢拨①浅深。

沉浮多少事，试问打鱼人。

2015 年 2 月 22 日于沱江之滨

注释：

①拨：入声字。

# 三亚湾①登山

因羡鸥飞远，为追鹿骋遥②。

眼前三丈地，身后万寻③涛。

雾嶂重重险，云梯步步高。

摩天峰上望，碧海涨诗潮。

注释：

①三亚湾：指位于海南岛三亚市的三亚湾度假区。

②鹿骋遥：传说黎族青年追一头鹿到南海之滨，坡鹿面对大海，无路可逃，回头一望，变成一位美丽的黎族少女，此山因而被称为"鹿回头"。

③寻：古代长度单位，八尺叫一寻。

# 古寺青檀①

## ——赠高中 2016 届全体师生

挺拔古青檀，葱茏已忘年。

根伸崖石破，干立雾空②寒。

正气甘贫贱，禅心③乐困难。

不知尘世客，几个可齐肩？

注释：

①青檀（tán）：一种树，常生长于山谷溪边。

②雾空：迷雾笼罩的天空。

③禅心：这里指清静安宁的心。

# 卧病抒怀（六首）

## （一）灵溪（宽韵）

怪异一山溪，不东偏向西。

非溶冰雪水，乃积石泥醍。

体弱奔深海，身卑走巨雷。

虽多粗野味，月下总矜持。

## （二）灵虫

寒螯特异形，黑瘦气充盈。

敛翼潜踪影，张须战敌兵。

春来群斗宠，秋去独开声。

冷月西风里，披寒唱五更。


## （三）灵鹭

嗷嗷衰老鹭，羽褪露光头。

貌寝人殊厌，声嘶我不羞。

闻音知暗警，奋爪杀强酋。

博得全家福，听凭血泗流。


## （四）灵山——窦圌山

孤拔一青峰，悠然向碧穹。

四方非俗气，万仞有罡风。

朝暮来禅远，乾坤入眼空。

补天遗巨石，岂肯效圆融。

## （五）灵树——含羞树

洋乡常住客，漂泊过天涯。

越海辞亲友，沾泥落异家。

人无知耻意，我有害羞花。

贫瘠何曾怨，膏腴岂可奢？

## （六）灵花——昙花

红黄生俗气，淡雅有无间。

白日昏昏睡，清宵灿灿妍。

吐芳虽短暂，放眼却长绵。

不朽谁成就？心香自永延。

2015 年 7 月下旬

# 梦回凉山

凉山漂泊日，雨雪漫行程。

峰险钻天笋，溪弯套马绳。

清风芳草味，米酒故人情。

四十年前事，追思梦五更。

题解：

1975 年，我漂泊于凉山普格县，历尽艰难，昨夜梦回普格，醒后有感而记梦。

# 山村小景

清新山野气，幽雅少喧哗。

屋后千竿竹，门前几亩瓜。

苍崖悬白练①，碧涧映黄花。

疯闹顽童趣，搓泥满脸沙。

注释：

①白练：白色的绸绢，这里用来比喻瀑布。

# 三十二个教师节贺同仁

雨洗良辰美，风传礼赞声。

心中悬万事，笔上送三更。

非有衔枝①志，难埋泣血②诚。

苍溟③填未尽，不计利和名。

注释：

①衔枝：指精卫填海。陶渊明《读山海经》中有"精卫衔微木，将以填沧海"，此处用以表明对教育的执着追求。

②泣血：即杜鹃啼血。传说古蜀国贤王杜宇，很爱百姓。死后灵魂化为杜鹃鸟，每年春季，飞来催促百姓劳作，嘴巴啼得流血，滴滴鲜血洒在大地，染红了漫山的杜鹃花。

③苍溟（míng）：大海。

# 赠最高乡的边防官兵

无春秋与夏，日日浸严寒。

暴雪淹天地，狂风撼嶂峦。

踏冰千里白，守土众心丹。

海拔堪①称最，巡防保国安。

（报载：西藏沙空村海拔5600米，比珠峰大本营还高，这里风狂雪暴，常年寒冬，年平均温度零下7摄氏度。）

注释：

①堪：可，能。

# 自　省

昔年飘四海，枉有子期①怀。

铁石销尘粉，知交②变虎豺。

都奔孔方③去，谁往阮林④来？

不改痴狂念，终生未学乖。

注释：

①子期：即钟子期，春秋战国时代楚国樵夫，与当时精通琴艺的贵族俞伯牙因琴音结识，成了至交。钟子期死后，伯牙认为世上已无知音，终身不再鼓琴。

②知交：知心朋友。

③孔方：因铜钱外圆内方，人们用"孔方"代指金钱。

④阮（ruǎn）林：指叔侄与亲朋好友聚饮之地。

# 与老友聚，得颔联，返而续成

懒叙当年苦，敞开今日扉。

青春心气壮，老迈故人稀。

酒淡邀朋友，茶香论是非。

相争颜颈赤，笑看晚霞绯。

# 登沱江边无名山

岭峻谁生畏？羊肠①走老翁。

杂花摇乱树，碧涧下青峰。

浪起鸥飞白，霾消日落红。

回眸惊险道，尽入渺茫中。

注释：
①羊肠：指崎岖难行的小道。

# 过故人庄

久在参商①道，重逢两鬓花。

呼儿烧腊肉，唤女摘鲜瓜。

冰盏茅台酒，玉壶龙井茶。

醉言忧股市，谁复话桑麻。

注释：

①参商：指的是参星与商星，二者在星空中此出彼没。这里指很久没有来往。

# 意　外

龙钟①花甲后，大小病连环。

祸福三张纸，辛酸五味笺②。

阴阳③排左右，好歹报危安。

意外逢仓扁④，已无脂肪肝⑤。

注释：

①龙钟：形容身体衰老、行动不便的样子。

②笺：写信或题词用的纸，这里指医生开处方的纸。

③阴阳：旧时指人生在阳间，死后到阴间，此处借指生死。

④仓扁：仓公扁鹊的并称，泛称良医。

⑤脂肪肝：一种肝病。

# 立秋夜江干①闻笛思北京诸君

暑气偷南渡，初凉叶渐知。

风摇千树影，月碎一江诗。

横笛清吹远，行人浅笑痴。

托将流水意，寄往北京西。

注释：
①江干：江边。

# 梦游山得首颔，醒续以成

苍松山顶屹，落照独依林。

鸟傍高枝唤，溪穿薄霭①吟。

乘风贪皓月，破雾响禅音。

何处清修地，能安一片心？

注释：
①霭（ǎi）：云气，雾气。

# 岩隙松
## ——高考成绩公布后

孤峰罅①缝松，无土也青葱。

足插千年隙，身披万仞②风。

艰难终未弃，寒暑自从容。

蝶影蜂鸣绝，清霄月色中。

注释：

①罅（xià）：裂缝。

②仞：古时八尺或七尺叫作一仞。

# 为所见某人画像

升迁终有道，懒得理平民。

骨媚居高位，才庸窃要津①。

行尸②三十载，赘肉百公斤。

大树轰然倒，猢狲咋护身？

注释：

①要津：重要渡口，泛指水陆交通要道。比喻显要的地位。

②行尸：可以走动的尸体。比喻庸碌无能、没有理想、无所作为的人。

# 闺怨·赠吴维

抗疫家中宅，寒梅送晚香。

兰闺犹寂寞，绮梦也彷徨。

眼望波涛阔，心忧暮晨凉。

何时魔咒解，父子喜还乡。

# 老年节有感

睥睨①乾坤②小，何忧雨雪狂。

长吟观四野，浅笑过重阳。

薄利风吹尽，浮名水淌③光。

豪情仍在念，平仄琢诗章。

注释：

①睥睨（pì nì）：斜着眼看，侧目而视，有厌恶或高傲之意。

②乾坤：指天地。

③淌（tǎng）：流下，流出。

# 和马凯

宅居消劫难，岌岌①待何时？

莫怨鸡鸣早，休忧梦到迟。

九州②尊一帅，五岳③奋三师。

取次驰援至，须臾④灭魅魑⑤。

注释：

①岌岌（jí）：形容事物已经达到了必须限制其发展的状态。

②九州：泛指天下，全中国。

③五岳：指泰山、华山、衡山、嵩山、恒山。

④须臾（xū yú）：极短的时间、片刻。

⑤魑魅（mèi chī）：指山林中害人的鬼怪。

# 秋暮山村访友

薄暮适农乡，松涛弄晚晴。

浮云随雁远，落日傍山明。

宿鸟归飞疾①，溪流入眼澄。

莫嫌穷僻壤，荒野有真情。

注释：

①疾：快；迅速。

# 晨见环卫老人有感

苍苍清癯①状，开口脸飞霞。

汗臭三千里，心香百万家。

如风驱浊雾，似雨卷残花。

扫得天街净，欢声向四涯。

注释：
①清癯（qīng qú）：清瘦。

# 秋 思

阴晴无乱序，连日雨霏霏。

夜梦秋声至，朝观落叶飞。

异乡云岭瘦，故土锦鳞肥。

雁阵高天唤，羡他如约归。

# 车过巴岳山隧道

飞驰朝险峻，入目尽云峻①。

碧树参天去，青山扑面来。

惶惶②车撞壁，惴惴③意登台。

忽见神仙洞，坦途峰底开。

注释：

①峐（gāi）：本义指无草的山，此处指高山。

②惶惶：形容恐惧不安的样子。

③惴惴：形容忧惧害怕的样子。

# 山乡村官

云谷小山寨，村官大学生。

冬披晨雾冷，夏伴夜莺鸣。

规划何需纸，营销不进城。

爱他无品级，百姓直呼名。

# 山乡脱贫

药草香高岭，机房矗大洼。

品优销海角，友善向天涯。

飞鸟喧晴色，摇松动彩霞。

小康千载梦，今已到田家。

# 悼挚友武春燕

三秋犹未尽，转瞬入严冬。

雪暴摧黄菊，风狂折翠松。

吟坛哀逝凤，濑水想英容。

盼践棠城约，谁期报丧钟？

后记：

　　吾与春燕小妹相识于天籁杯颁奖典礼上，后遂成挚友。入夏相约，其定于国庆节来大足一游，九月下旬失联后惊闻其竟爽约而去。唉，人生无常！呜呼哀哉！！！

# 与同仁共勉

不为艰难改，潜心向远洋。

横流沧海阔，竞渡怒潮狂。

浪涌穹掀顶，风嚣马脱缰。

任他迷雾黑，稳舵自前航。

# 入山访友不值①

曲径云岚里，苍峰护后庭。

馨风穿杂树，翠岭唤流莺。

石白清溪浅，天蓝落日明。

寻芳虽不着②，五彩满心旌③。

注释：
①值：遇到。
②着（zhuó）：着落。不着：没有找到。
③心旌（jīng）：心神，心间。

# 赴京机上遐想

腾空三万里，御气驾神鹰①。

人在云中坐，山从脚下行。

驰魂追浩宇②，出手揽流星。

欲握嫦娥手，谁知已抵京。

注释：
①神鹰：此处指飞机。
②浩宇：浩瀚的宇宙。

# 梦涉险醒而咏

古稀豪气壮，梦也惜分阴①。

岁月奔腾急，冰霜冷冻深。

天低云漫漫，路险雾沉沉。

独有登高者，敢穿原始林。

注释：

①分阴：日影移动一分的时间，指极短的时间。

# 赠 侄①

白日妖魔闹，嘶声动紫微②。

风来空穴动，雨去彩霞飞。

高岭黄莺唤，大洋游子归。

寒流千万里，赤胆扫阴霏。

注释：

①题解：友人子不屑于美之贸易战，日前脱美籍携巨金归国。以诗赞之。

②紫微：即紫微垣，星官名。也指帝王宫殿。此处形容动静较大，有惊扰天帝乾坤之意。

# 善舞者

轻盈善屈伸，长袖软腰身。

婉转千支曲，玲珑两片唇。

人前夸是假，背后骂为真。

升降如天壤，善于装鬼神。

# 遣　怀

博览吾天性，芸窗①久未临。

缠身多俗务，入耳少清音。

厌恶还佯②喜，晴明却道阴。

辛劳无所怨，最苦乃违心。

注释：
①芸窗：指书斋。
②佯：假装。

# 雨夜梦醒寄人

常忆伊人貌，相思不夜天。

雨摇春鸟瘦，风送玉箫寒。

潜入今宵梦，追回昨日缘。

卿卿犹在耳，岂料过邯郸①。

注释：

①岂料过邯郸：唐·沈既济《枕中记》载，卢生在邯郸客店中遇道士吕翁，用其所授瓷枕，睡梦中历数十年富贵荣华。及醒，店主炊黄粱未熟。后因以"邯郸梦"喻虚幻之事。

# 再谢小妹赠手制棉鞋

寂寂人声绝，三更梦已残。

银针飞素线，黑缎絮精棉。

织入卿心热，消除我脚寒。

沉沉情义重，可载几千船。

# 白露夜思友作

露白凉今夜，莺歌唱古风。

飞来非紫气，逝去乃霜鸿①。

寂寞疏林瘦，绵延峻岭空。

倾壶成巨饮，倩影有无中。

注释：
①霜鸿：霜雁。

# 秋晨远眺

登高穿雾帐，四顾①路茫茫。

岭峻崖生险，秋深露转凉。

清宵怀菊梦，晓鸟断人肠。

怕见南归雁，故园山水长。

注释：
①顾：看。

# 寄校执事者

入目铅云<sup>①</sup>重，凝寒锁雾嵚<sup>②</sup>。

心灰三万丈，意冷九千寻<sup>③</sup>。

北海冰封紧，南峰鬼闹林。

无须忧险峻，众志主浮沉。

注释：

①铅云：看起来重的乌云。

②嵚（qīn）：山高峻的样子。

③寻：古代的长度单位，一寻等于八尺。

# 登山抒怀寄人

雪化寒犹在，披荆向远岑<sup>①</sup>。

林疏芳草浅，雾淡碧云深。

我欲乘春发，天偏使陆沉<sup>②</sup>。

飞高谁顾盼<sup>③</sup>，一翅任晴阴。

注释：

①岑（cén）：小而高的山。

②陆沉：埋没。

③顾盼：向两旁或周围看来看去。

# 深山夜吟

夜深人语绝，石乱草虫鸣。

花影风摇曳，山溪水涨平。

岚消峰突现，云散月增明。

寂静怡心性，林泉养逸情。

# 春夜宿山中

久厌喧嚣市，游山洗浊尘。

春雕林似玉，月镀①水如银。

好雨风来细，香花蝶去频。

踏歌谁击节？跣②足袒胸人！

注释：

①镀：本义是以金属附着到别的金属或物体表面，这里用了比拟手法。

②跣（xiǎn）：光着（脚）。

# 别京中诸友

参商①天正道，聚少别离多。

夜梦深潭水，晨惊烂斧柯②。

依依心忐忑，淅淅雨婆娑③。

莫怨关山远，天涯共电波。

注释：

①参商（shēn shāng）：古时指天上的参星和商星，古义指不相见、有距离。杜甫有诗云："人生不相见，动如参与商。"

②烂斧柯：同"烂柯"，喻指世事变迁。出自南朝梁·任昉《述异记》。

③婆娑：盘旋舞动的样子。

# 春夜登山寄人

溪流春讯早，羞怯冻云归。

月去天中瘦，花来叶里肥。

因风香远散，就势鸟高飞。

岭拥葱茏①卧，韵敲卿梦扉②。

注释：

①葱茏：草木青翠茂盛。

②扉（fēi）：门。

# 读某诗刊有感

细品诗词赋，沉吟辨浊清。

熙熙贪小利，攘攘混虚名。

笔下三分地，心中万里程。

高低犹已判，泾渭自分明。

# 夜望有思

月涤千峰秀，露滋天下新。

山空溪去响，林密鸟来频。

自在清幽境，偏忧混沌①尘。

安②能顽石③变，一指化穷贫。

注释：

①混沌：古代传说中指世界开辟前元气未分、模糊一团的状态。

②安：怎么，岂。

③顽石：比喻愚蠢驽钝的人。

# 感事寄沪上友

世事安能测，江湖恶浪凶。

山腰飞雾瘴①，壑底走狼熊。

路窄弯弯绕，心宽处处通。

莫忧寒气逼，昨夜梦春风。

注释：
①雾瘴：瘴气。出自清·屈大均《广东新语·天语·雾》。

# 崖上梅

群英凋谢后，一树竞芳妍。

眼望峰峦路，身披雨雪衫。

痴心寻冷暖，傲骨历艰难。

纵使香消殒①，根深石隙间。

注释：
①消殒：这里是消失的意思。殒（yǔn），死去。

# 黄山轿夫

粗衣颜色褪，瘦骨露嶙峋①。

风劲峰寒竦②，心惊步缓沉。

轿杆肩上压，黍③饭汗中寻。

苦累休评说，争拼惜寸阴。

注释：

①嶙峋：形容山石等突兀、重叠，这里形容人消瘦露骨。

②竦（sǒng）：高起，高耸。

③黍（shǔ）：黍子，一年生草本植物。碾成米，叫黄米，性黏，可酿酒。

# 早醒闻笛有思

荒鸡催梦醒，独步小庭中。

霜压沿阶草，乌啼落叶枫。

笛声流婉转①，月色醉葱茏②。

故里三分远，云遮雾几重。

注释：

①婉转：声音委婉而动听。

②葱茏：形容草木十分丰茂。

# 怨秋霖①

抢秋②需烈日，无奈尽潇潇③。

地窄浓云压，天宽暴雨摇。

白帘遮五岳④，洪水断三桥。

喟叹⑤忧何事？田中谷变苗。

注释：

①秋霖：秋天的大雨。

②抢秋：秋收，抢收粮食。

③潇潇：形容下雨的样子。

④五岳：中国汉文化中五大名山的总称，分别为东岳泰山、西岳华山、中岳嵩山、北岳恒山、南岳衡山。

⑤喟（kuì）叹：因感慨而叹气。

# 雪里松

黄天飞白刃，皑皑①锁群峰。

朔气②填荒壤，豪情贯碧空。

炎凉朝暮里，生死往来中。

不媚春风暖，盈盈过酷冬。

注释：

①皑皑：形容洁白的样子。常用来形容雪和为雪所覆盖的事物。

②朔（shuò）气：寒气。

# 送友人

菊艳别相知，披襟①约有期。

真情醇胜酒，快意醉成泥。

雨散②阳关远，心忧日脚低。

何时重把盏，梦断五更鸡。

注释：

①披襟：1.敞开衣襟；2.比喻舒畅心怀；3.指推诚相待。这里应是义项2与3。

②雨散：朋友分别。

# 暮访三元小学废址

废园依落日，入目尽伤怀。

紫蔓缠枯树，青蒿上颓台。

垣倾砖已去，路断鼠常来。

毁败成常态，无须梦里哀。

# 审议市政府工作报告

渝州春涌动，纳揽众精英。

气淑黎元①喜，风和白凤鸣。

工商关国脉，农牧固民生。

莫道波涛激，航船众手撑。

注释：
①黎元：百姓。如杜甫"穷年忧黎元，叹息肠内热"。

# 晚霞·自况

浮云不欲闲，早晚恋蓝天。

飘紫东南角，耀红西北边。

流光①随聚散，余热洒方圆。

莫道斑斓尽，生生②得复还。

注释：

①流光：闪动的光。见《辞源》P1952。

②生生：形容有活力。

# 归家次日登山有感

离家方七日，恍若越三年。

乳燕生疏远，庭花露萎蔫。

人游他国水，我爱故乡山。

鸟啭如儿昵，湛蓝好个天。

# 寄兴·暮登山遐想

西山形胜地，壮美世闻名。

天外飞云白，溪边卧岭青。

峰高蝉落寺，木秀凤鸣坪。

漫道黄昏晚，群星已启明。

2015 年 6 月 4 日

# 高考前夜

无眠过四更，起坐望云旌。

雾涌烽烟味，风流鼓角声。

冲锋三尺地，搏命万支兵。

浩浩登天路，雄飞几羽鹰？

2015 年 6 月 5 日

# 暮登巴岳山

向七谁言老，登临气自豪。

云梯通雾顶，鸟道系山腰。

放眼峰峰秀，回头步步高。

层林红烂漫，月下更妖娆。

# 过山村

农忙犹未过，岂得废犁锄。

秋末风干冷，林梢叶瘦疏。

叟孺①勤早晚，豆麦种泥涂。

寒月微霜里，青苗长有无？

注释：
①叟孺（sǒu rú）：老人和小孩。

# 夜游遣怀

惆怅叩心扉，排忧上翠微。

穿林惊鸟梦，踏露碎霜辉①。

啜饮清风醉，收藏皓月归。

灵光驱夜暗，任尔饕②蚊飞。

2015 年 5 月 1 日

后记：

宵小谗言中伤，故惆怅。

注释：

①霜辉：月光。南朝陈后主诗云："自君之出矣，霜辉当夜明。"

②饕（tiè）：贪，贪食。

# 初冬薄暮登高有感

澄天明镜阔，一望寂寥中。

木落风霜瘦，溪流日月空①。

舒心青发子，转眼白头翁。

莫叹飞花尽，应珍夕照红。

注释：

①日月，引申为时间，日，一天；月，一个月。空，没有什么了。全句意义是日时如溪水东流，什么也没留下。

# 小 草

小小山中草，根深扎瘠沙。

茎柔多萎地，种贱少开花。

只有枯如槁，从无灿若霞。

任凭霜雪冻，总是漫天涯。

后记：

深圳会议，某领导高喊民办学校必须国际化办学，瞧不上草根类民办学校，故讽之。

# 戏复人微信

多承微信问，吟咏踱江干。

吻岸银波细，含情白鹭闲。

君心忧涨跌，我脚走方圆。

已入新常态，盈亏岂一年？

题解：

午后踱步江边，忽接人微信问候新年好，并倒苦水说今年炒股大亏，作诗以慰之。

# 老苍鹰

骨瘦毛稀少，迷糊小眼睛。

凌空风凛冽，卧岭雪晶莹。

敢越冰峰险，何虚暴雨惊。

听凭饥渴冻，纵死亦飞腾。

# 赴诗词研讨会归来

离家才十日，恍若万年长。

归饮清泉爽，遥闻翠岭香。

风从他地热，雨过故邦凉。

但为吟坛事，奔波昼夜忙。

# 早　秋

秋色争偷渡，悄然入濑溪。

风凉浑不觉，月朗始方知。

日夜流明暗，山河转早迟。

心香分几瓣，换取满山诗。

# 再上黄山

欲尽山川秀，徽州觅旧踪。

峰浮云海里，树茂石林中。

雾绕天梯险，莲开玉宇红。

何须忧远峻，我意在追风。

# 我战机编队出一岛链战训

高天飞玉宇，浩气贯云旌。

眼里山河壮，心中日月明。

鹏啼千障破，虎啸万魔惊。

华夏英豪众，谁能妄动兵？

# 见姐夜忆旧

昔日涔涔泪，吞声向八方。

朝寻遗落梦，夕入集装箱。

莫怨生来苦，皆因出世忙①。

滔滔东逝水，可疗满心伤？

注释：

①出世忙：此联之意为不要抱怨生下来就受苦，这只因你出生得太慌忙了，也就是太早了。

# 三亚泛舟

劈涛真得意，啸叫故疑惊。

提速冲高浪，扬波奏和声。

天涯云水近，海角燕鸥轻。

笑问潮头客，月从何处升？

# 精准扶贫

盛世无荒野，三边<sup>①</sup>竞秀颜。

人人衣食足，处处里邻<sup>②</sup>安。

岭峻宜栽树，湖宽好种莲。

高峰多雨露，四海绝闲田。

注释：

①三边：西汉指匈奴、南越、朝鲜，即东西北边陲。后泛指边境、边疆。

②邻：古代二十五或五十家为一里，五家为一邻。

# 老梅树

盈盈岚雾里，浅笑对苍茫。

梗老枝犹劲，峰高雪更狂。

恬恬消寂寞，默默度炎凉。

岁末披霜屹，迎春缕缕香。

# 忠州石堡寨

三国留绮梦，风流韵未残。

足嬉千里浪，身倚万重山。

日月随江逝，兴亡任笔删。

缘何经久远，勘破利名关。

# 东序梅

清香心自远，厌俗避深山。

乱石堆中长，杂蒿丛里妍。

春秋无媚骨，日月炼忠肝。

谁道身孤独，竹松相并肩。

# 过表妹坟

云断高峰下，孤莺枉自飞。

草长青冢小，日久白头稀。

红豆抛黄土，悲声响翠微。

可怜明月夜，谁与共芳菲？

# 雨后登山看日出逢雾

已盼朝阳甚，平明上岫巅。

无风弥大雾，有雨动微寒。

眼望高低路，心怀远近天。

朦胧难久待，终会散云岚。

## 资中滨江路即景赠友

独与秋风伴，景幽滋味长。

海棠依旧梦，月水漾清江。

浪吻沙汀白，风揉岸苇黄。

良辰裁片刻，赠尔共炎凉。

## 生日前夜赏景思人

人生多憾事，此刻最堪悲。

霜冷长河瘦，云轻皓月肥。

欲携佳景赠，谁料霎时飞。

但把心中画，追卿绮梦归。

# 杭州夜吟寄友

三魂何处去？河汉荡心舟。

大足通宵雨，杭州万里忧。

短离成阔堑，长梦困孤鸥。

只怨蓬莱远，红巾不可求。

# 星夜独行思友

独步南山顶，堪怜夜色深。

手撕千丈雾，头顶一天金。

岭峻苍穹近，情真绮梦沉。

灵方随处见，岂可治痴心？

# 梦醒有咏故乡

菊枫霜染就，夜雨浸黄红。

雁字蓝天里，银鳞碧水中。

炎凉枝上老，岁月笔头空。

梦断人消瘦，云山几万重。

# 深山夜望

月朗林疏索，芸窗望小峦。

菊黄溪水浅，露白雾枝寒。

血压高多病，心烦躁少安。

休言身老朽，笑对竹三竿。

# 夜望寄女友

莺啼初夜静，独立最高楼。

月引花招手，风呼竹点头。

心痴随倩影，绮梦下渝州。

借问嘉陵水，何时向北流？

# 寒夜吟

淫雨横行久，黄花向晦阴。

听风风刺骨，看雾雾缠身。

冷寂随他意，晴明任我心。

氤氲①犹自在，岂惮入冬深。

注释：
①氤氲（yīn yūn）：烟气、烟云弥漫的样子。

# 剑门关前

风吹今日树，雨奏昔年哀。

鸟道通天去，云涛扑面来。

史流亡国泪，魂断受降台。

六出功和过，人心自剪裁。

# 游颐和园

排云连佛阁，香雾接天梯。

柳吻清漪面，人行白玉堤。

廊前邀月酒，殿后禁龙池。

国破何遗恨？皆因改革迟！

# 暮游遣怀

世事苍黄里，登高卜吉凶。

千山枯草白，一树老枫红。

风冷寒鸦少，月明清涧空。

披襟抬眼望，舒卷有无中。

# 望山月思京中友

梦入相思地，无须择吉宵。

风轻云淡远，月朗斗疏寥。

竹下三杯酒，峰前一曲箫。

心随声去后，只剩柳飘摇。

# 立冬日赠民办中小学投资者

黄花犹在望，转瞬斧柯残。

习习阴风紧，萧萧碧水寒。

白霜凌大地，赤胆向高天。

莫畏冬严酷，春舟已挂帆。

# 扫墓后夜吟

缕缕悲风紧，携妻转故乡。

坟台三叩首，心路一支香。

泣血云天远，锥心夜梦长。

窗摇斜月浪，怆笛绕椽梁。

# 问 云

世事繁忙乱，君胡独自闲？

缘何恋高岭，偏不下平川？

舒卷尊谁令，沉浮为哪般？

劝君勤绚烂，多彩献人间。

# 中秋寄边

经年西北戍，卧雪饮寒冰。

脚踏云岚雨，肩披日月星。

乡关三蜀地，国界万寻缨。

雁寄相思韵，浓浓一片情。

# 秋染农乡

山乡多胜景，最美是秋时。

绿野黄金谷，香花碧玉池。

红侵新橘果，苍入老松枝。

牧笛斜阳醉，风吟遍地诗。

# 春　望

濑水别寒鸦，晴明动万家。

方才辞白雪，忽又见黄芽。

鸟唤新春嫩，风摇弱柳斜。

乾坤催淑气，泼绿醉心花。

# 夜行忆昔

昨日乐逍遥，松风酒一瓢。

月明巴岳道，心醉濑溪桥。

白屋无新雨，红颜有旧交。

于今泉咽冷，鬓发早萧萧。

# 晨登高有感劝读书

侏儒凌绝顶，远眺万重山。

岭岭披春色，溪溪带晓岚。

阴晴收眼底，日月入毫端。

谷底身高者，能望①几尺天？

注释：

①望：古韵平仄两用。

# 秋望寄渝州

高眺晴岚远，霜刀瘦翠峦。

云舒天宇阔，烟笼濑溪寒。

望柳思新雨，吹箫忆旧年。

西风残照里，飒飒满巴山。

# 咏柳絮寄忘形者

飞花岂是花，潇洒向天涯。

借得他人力，遗忘①自己家。

凌空飘白絮，落地入黄沙。

常诩心高远，悲夫老不华。

注释：

①忘：平水韵中，"忘"平仄两用。

# 别《诗刊》杨志学主任

昨日才欢聚，今朝起别尘。

风催车送客，菊灿雨留人。

望断云岚路，谁知眷恋心。

三冬将逝矣，期许在来春。

# 闲适堂晨望

独坐芸窗下，南山入眼青。

花香醇酒味，鸟啭古琴声。

数叠峰书厚，一层云梦轻。

桃源贫瘠甚，吾欲用诗耕。

# 野生月季

吾非柱栋材，荒野没蒿莱。

久被炎凉劫，长经雨雪灾。

痴心终不改，小蕾独常开。

月月心香献，殷勤懒卖乖。

# 难抵春情

已近元宵日，寒流漫八方。

雨狂思毁岳，风恶妄吞江。

弱柳莺啼绿，红梅雨润香。

谁因冠状毒，辜负好春光？

# 会沱江秋汛即景

泽国无圆月，洪波漫巨堤。

豪车浮白浪，绿荸荡乌泥。

雨暴长空矮，涛高峻岭低。

天公司汛乱，恋夏已痴迷。


# 望剑门关遣怀

剑门多故事，白骨垒关前。

翠幛遮千岭，丹崖入九天。

峰雄神怯后，隘险卒争先。

细论当年事，谁伸枉死冤？

5 月 20 日晨作于剑门关下悦榕山庄

# 春 寒

朔气张狂甚，寻春却见霙①，

询山山摆手，问水水无声。

欲去登高处，还来觅早莺。

鸟儿嬉笑道：冷暖在心旌。

注释：
①霙（yīng）：雪花。

# 离京返足夜寄

匆匆挥手后，垂柳尚依依。

客去情犹厚，秋来叶渐稀。

燕山朝日暖，濑水暮云微。

无尽相思意，还劳短信飞。

# 雁南归

天高云自远，雁举正南翔。

菰雨生凉意，桐风送冷香。

流溪清且浅，微信短犹长。

问梦归何处？三更返故乡。

癸巳季秋晦日夜

# 望秋即景寄友

天高山野寂，雁过一空鸣。

人有伤秋意，花无恋旧情。

风狂赢①树杌②，水落浅溪清。

莫怨萧疏紧，来春又发生。

2013 年 10 月 15 日

注释：

①赢：树木光秃；

②杌（wù）：树无枝。

# 水　德

大德无私利，飞奔永向东。

哗哗催楫远，默默润粮丰。

浸沐千山秀，翻腾四海通。

光荣羞与竞，位列五行中。

# 寻　春

犹疑冬不去？早起欲相询。

月冷窗前树，梅香槛外人。

翻来冰梦旧，看去柳芽新。

幸赖黄莺唤，嘤嘤报入春。

# 梦游沧海醒而述怀

海浩舟如豆，涛汹微撼天。

逆风三万里，击水一孤帆。

不怕穷溟远，但忧航向偏。

迷茫须稳舵，赤胆往方山①。

注释：

①方山：传说渤海中有三座仙山，蓬莱（蓬壶）、方丈（方壶）、瀛洲（瀛壶）。

# 即景悼倩琼

曦月惊兰梦，相思接暮朝。

鸟啼灰雾破，崖湍绿波摇。

曲涧飞银瀑，痴心赠碧瑶。

魂连泉下树，望断奈何桥。

# 忆南山文技校

莫怨洪荒地，天然雅士林。

黄莺啼暖树，翠雾绕云岑。

望远添情趣，登高扫俗心。

操琴明月里，竹韵动清音。

# 隆冬有盼

冬云磐石重，欲压万峰倾。

涉水冰封道，穿林雨夹霰。

风寒知骨劲，雪冻接春生。

问得东君讯，微雷已启程。

# 东序颂

名呼东序校，快马再扬鞭。

去岁萧条地，今朝窈窕园。

凌霜梅几树，护节竹千竿。

更有兰操韵，诗书育后贤。

# 登山归而著述

沋寥①天地塞，早起踏荒芜。

梦入黄花瘦，月移苍影疏。

潾波明亦暗，野火有还无。

送得风霜去，回家鬼画符。

注释：

①沋（jué）寥：最早见于《楚辞》，此处形容心情寂寞孤独。

# 秋　竹

云催连月雨，朔气遣寒兵。

万里秋山赤，千丛竹叶青。

他驱霜气逼，我劝地芽生。

未待坚冰化，杨枝接早莺。

# 夜无眠

料峭春寒甚，喧嚣过五更。

风凄摇树泣，雨冷惹魂惊。

但怪人无语，因疑泪有声。

煎熬眠不得，枯坐待莺鸣。

# 睹公招考试有感

碌碌人流激，奔忙动叫嚣。

红尘遮慧眼，白雪冻灵苗①。

足踏三方小，心飞万里遥。

沧溟狂浪涌，蹈海也英豪。

注释：

①灵苗：本义指仙草或珍奇美观之植物，也可引申为人才，此处应为引申义。

# 过岁寒三友园赠书记章

不堪知已少，觅友出蓬寮。

梅近馨香远，竹低青节高。

苍松披雨箭，白眼向风刀。

任尔炎凉激，初心岂动摇。

# 夜宿南山寄人

知音寻不见，似隘隔千重。

凹月依高岭，纱窗响朔风。

非忧衾垫薄，只怨夜山空。

凝望溪南畔，伊人绮梦中。

# 赴京与会途中寄妻

奔波因碌碌，况朔气回归。

一夜西风舞，千山黄蝶飞。

水寒江变瘦，雪大岭催肥。

可叹闺中月，今番又与违。

# 七十三岁生日遣怀（外一首）

## （一）

南山多壑谷，沃土满鲜薇。

久盼闲云驻，谁知暴雪飞。

寒流封退路，逸趣动心扉。

愧对松梅竹，年年总与违。

## （二）

浊酒年年庆贱庚，云如黑铁雾如冰。

寒风凛冽摧枯草，雪岭悄然唤早莺。

已惯炎凉轮四序，何忧胜负过三更。

心中日月深埋处，暖意绵绵自久晴。

# 夜行见老友

野菊香盈岭，新愁漫暮晨。

雁啼秋去远，月照梦来频。

夜色弥千岭，箫声过五津。

相逢休动问，恐是故乡人。

# 寄相思

一别三千日，眉梢总挂愁。

朝霞栖峻岭，夜梦困高楼。

不见瑶琴动，偏闻冷泪流。

如江奔涌激，浪浪入心头。

# 挑灯写《自传·一萍浮海》有怀

泪似沱江浪，奔腾别故园。

心中飞岁月，梦里走山川。

卸去千船苦，寻来一寸甘。

无眠多少夜，总在忆从前。

# 晚秋游

莫怨空山寂，犹欣上峻崟。

凉风掀碧浪，落日入疏林。

岭险人来少，云轻涧去深。

仙风滋道骨，雾海任浮沉。

# 秋思遣怀

金风操妙笔，信手著思乡。

桂树喷花艳，清溪淌月香。

鱼肥来濑水，雁瘦去衡阳。

莫怨归无计，家山梦已凉。

# 忆闯江湖

一萍浮海日，迷雾暗穷荒。

乱石催涛涌，罡风助雨狂。

舟轻舱位小，海阔险程长。

不畏遭天谴，堪谌①有吉祥。

题解：

昔浪迹江湖，饥寒欲置吾于死地数也，然从未有轻生之念。

注释：

①谌（chén）：相信，诚然。

# 线上授课遇困，有感赠师生

不辞劳昼夜，勠力抗瘟神。

峻岭三条道①，书山两亿人②。

参差还困顿，迢递且逡巡。

助鹗③高飞去，良师重沐熏。

注释：

①三条道：西沃白板、钉钉、QQ平台。

②两亿人：两亿多学生线上上课。

③助鹗：鹗，雕，又名鱼鹰，此处喻指学生。

# 励志基地春满园

翠嫩催人醉，黄鹂咏好诗。

霞红垂峻岭，雪白挂高枝。

可是三清府？疑为五彩池。

斑斓谁织就，众手染春丝。

# 重阳拂晓别友人

挥别濑溪畔，正逢山菊黄。

一弯残月冷，几点晓星凉。

郁郁嫌云暗，迢迢恨路长。

莫悲秋草萎，但盼又重阳。

2011 年 9 月 20 日

# 寄　妻

伊人车远去，伫望眼迷茫。

寂寞清宵冷，幽深夜梦长。

昆山江浪激，大足海棠香。

聊寄心扉语，穿衣看暖凉。

题解：

妻去昆山学习 5 日。

# 寄　远

无眠上岭头，眺望浅溪流。

逐去三天雨，拈来一手秋。

经霜枫露冷，破雾雁声愁。

短笛飞长韵，月弯归客舟？

# 夜行老农校荒径

寒蛩何处唱，似泣调凄然。

叶落疏林寂，星归皓月单。

黄花侵野径，志士叹华颠。

未忘冲锋号，征夫不下鞍。

# 赠庆霖老师

良师天下少，益友更难求。

梦笔千花树，霞光百尺楼。

高山①来冀水，新雨②下昌州。

敢问姜姜草，王孙③可滞留？

注释：

①高山：高山流水之简称，即知音。

②新雨：新朋友。

③王孙：贵族的子孙，泛指尊贵的友人。

# 咏梨花

## ——"三八"节赠某女士

风传春讯快，岭上蕾开时。

玉洁千茎雪，冰清一树诗。

飘香来淑气，吐艳去瑶池。

王母摇头笑，还疑是丽姬。

# 咏　雪

呼朋下九天，捎去一堆寒。

舞絮飘千里，流风过万山。

今宵悬白帐，翌日挂银帘。

莫道冬心冷，春光已冒尖。

# 初冬游塞北夜半寄妻

秋随归雁去，夜宿白云边。

朔气燕关冷，荒鸡蜀梦残。

醒来忙按键，讯去急嘘寒。

苦恋时空乱，星疏夜未阑。

2014 年 4 月 1 日

题解：

2010 年游塞北，夜半梦妻单衫行走于冰上，惊醒作诗一首以短信寄妻。

# 自画像

高门①生贱种，少小即穷孤。

馊菜残三顿，萍踪走五湖。

疏狂拼蹇②命，执拗跋长途。

性僻无他好，偏亲酒与书。

2014 年 5 月 20 日作于洛阳

注释：

①高门：唐姓为上古之姓，尧封地于唐故称唐尧。我本姓唐。

②蹇：跛足，不顺利。

# 赠别肥东民办教育诸同仁

春消催夏长①，新雨过肥东。

莫道方音异，犹思志趣同。

巢湖荷盖碧，濑水海棠红。

但荐轩辕血，传承曲阜风。

注释：

①长（zhǎng）：生长，成长。

# 梦游天宫

忧忧何万事？遣梦问穷通。

驾雾飞千岭，排云逛九重。

朝观丹顶鹤，暮叩紫微宫。

但把尘心化，霞光满太空。

# 暮峰即景

炊烟斜袅袅，振袂①上危崟。

曲径云中卧，幽篁雾里吟。

声穿空谷远，涧绕暮林深。

夕照岚烟散，峰巅似镀金。

注释：
①振袂（zhèn mèi）：挥动衣袖。

# 深夜怀人

枕簟难安稳，皆因俗念深。

月明天宇阔，声寂夜更沉。

赠汝三春梦，抛吾一寸心。

灵犀通永远，世上尔知音。

2013 年 8 月 22 日夜 3：30

# 阳关有怀

繁华西域路，岁岁任消磨。

树绿边城少，沙黄大漠多。

近关萧索意，远客浩然歌。

若问沧桑事，胡杨剩几何？

2014 年 5 月 27 日作于洛阳返足车上

# 山中梅

冬景无诗趣，萧疏秃岭梁。

铅云林杪挂，鸟迹雾中藏。

忽见三阶①树，惊来一缕香。

谁持点春笔？妙韵绘华章。

注释：

①三阶：三层台阶。语出《管子·君臣上》："立三阶之上，南面而受要。"

# 梦入西厢

瑶花开四野，碧树掩银阶。

气紫弥云阁，风香罩露台。

但闻琼珮响，不见玉人来。

翻醒犹神往，今宵可入怀？

# 秋分次日晨健步作

才辞三夏①气，月照雁飞啼。

雾白江涛共，霞红岭树齐。

一心观远近，双脚走高低。

昨夜南风劲，今朝渐向西<sup>②</sup>。

注释：
①夏：南风。
②渐向西：含蓄地说秋天到了。


# 暮春江滨晨兴


心恬观好景，漫步濑溪东。

晓月驱寒浪，鸡声趁暖风。

枝轻摇碧绿，露重压深红。

欲挽春常驻，炎凉四季同。

2012 年 4 月 19 日

# 贺兰山前怀古

浩瀚越千年，苍黄①不老天。

城埋冤死鬼，帝②舞霸王鞭。

凄怆流沙地，纷纭砾石滩。

兴亡多少恨？试问贺兰山。

注释：

①苍黄：变化之急速。

②帝：此处指西夏第一个皇帝李元昊。

# 送霞儿归武汉

离恨最伤神，何堪别至亲。

魂驰难入梦，泪涌易盈巾。

三镇飞风雪，四川弥雾尘。

车鸣千里去，望断一天云。

2014 年 2 月 12 日于四川资中

# 登青神山寄友

林深清气重，择道上穷荒。

鸟唱青云远，花开碧涧香。

修篁阴日月，险径灭炎凉。

身立危峰顶，心牵万里长。

# 登高即景怀人

登高心自远，怀抱尽春风。

塔白蓝天下，山青碧水中。

夕阳亲薄暮，我意问苍穹。

今夜团圆月，何时到冀东？

# 大足春意

玉宇惊雷后，棠城沐暖风。

霞流波涌彩，雾散日飞红。

柳岸花香里，人心蜜水中。

休夸濑溪美，春色九州同。

# 热带雨林公园望海

疑身星外客，秀色起沧溟①。

翠带山腰挂，晴光岭上倾。

虫吟幽谷寂，风卷怒涛惊。

自在蓬莱境，何时驾巨鲸。

注释：
①沧溟（cāng míng）：意为苍天、大海。

# 与儿时友别后有梦

江涛声细细，乱雨袅丝丝。

月黑风高夜，人欢梦醉时。

重逢羞溅泪，握别怕吟诗。

待到冰轮满，魂飞李氏祠。


# 寄加拿大远游人

人离三万里，水阔路遥遥。

异国凉风爽，家乡热浪高。

挑灯思旧岁，拾梦入今宵。

但得携君手，心涛共海涛。

# 车中望秦岭山脉

谁泼天边墨，勾描几座峰？

高低随鬼斧，浓淡任神工。

磅礴驰苍野，巍峨插碧穹。

神州多险峻，岂独你称雄。

# 寒夜酌吟

雾压千峰暗，寒流下万川。

惊窗凭雨怒，得句自醪甜。

曳曳银灯醉，频频玉盏干。

尽欢风烛夜，诗酒可延年。

# 冬登山遣怀

披云凌绝顶，纵目欲穷荒。

眼里乾坤大，心中日月长。

但怜梅吐蕊，不惮雪加霜。

且把寒流缚，轻抛入浩洋①。

注释：
①浩洋：水流广阔洪大貌，泛指广大无际。

# 送勇武书记履新

红梅开未已，升调去他乡。

眼里民生大，心中道路长。

霜凝今夜冷，蕊吐昨年香。

宦海波涛激，扬帆自远航。

# 夜无眠口占

一生经万劫，失怙①自悲伤。

胆大包天宇，胸宽过海洋。

敢掏狼穴险，拼斗雪风狂。

日月揣怀里，何忧世态凉？

注释：
①失怙（shī hù），指死了父亲。

# 仙女山初雪夜梦

朔气凝天地，阴风扫八荒。

雨寒摧绿野，雪白锁乌江。

万壑无飞鸟，千山有素装。

寒宵生绮梦，两手揽春光。

# 赞僻壤教师

晨披轻雾去，暮染月光归。

曲径花香远，幽园果硕肥。

拼将心汗血，化作雨风晖。

换取千家乐，迎来大地菲。

2013 年 9 月 10 日

# 答资中诗友

风骚传亘古，万物入诗城。

五味酸甜苦，三光日月星。

犹昭深夜暗，更颂早晨明。

天下歌吟句，应为百姓声。

题解：

诗友短信问选哪些景象入诗为妙，吾不揣浅陋，以此作复。

# 夜游山

暮笼崎岖道，登临极顶峰。

清溪花树下，香韵碧流中。

手揽云岚气，身穿棘芥丛。

夜阑空谷寂，树杪月朦胧。

# 登山观日出不值

踏碎重龙①梦，披霜顾八方。

心忧空寂寂，眼滞白茫茫。

冷雾藏②高岭，寒流锁大江。

炎凉休在意，怀里有朝阳。

初作于 2015 年元月 15 日，修改于 3 月 12 日夜

注释：

①重龙：重龙山。

②藏：掩埋，这里说雾浓遮没了高岭。

# 拂晓登山遇暴雨

早莺初唱晓，雨骤困身孤。

电掣长空破，云吞峻岭无。

飙风掀雨浪，古树卧泥涂。

一任猖狂后，曦光照敝庐。

# 山中寄友

山间寻寂静，岂料竹声喧。

菊艳浓霜后，枫枯淡雪前。

荒蒿淹古道，落日下苍烟。

不畏今宵冷，但忧冰塞川。

# 月下思新疆友人

参商千古怨，遥望不相逢。

月皓喧银浪，情深动碧穹。

喟声飞化外，绮念入云中。

一枕春宵梦，晨霜伴朔风。

# 游山访庙

登山参古佛，雨雾有无中。

蝉噪幽林静，人行小径空。

香蘼依北岭，碧水下南峰。

遥见冰轮起，心随晚课钟。

# 励志基地屋顶小亭独坐品茶遣怀

空亭闲品茗，渴待月溶溶。

浩瀚山中雾，苍茫岭上松。

清茶伤淡味，魁父妒高峰。

莫把恩仇计，南屏响晚钟。


## 赠我集团莘莘学子

少立鲲鹏志，丹心绘彩虹。

江山怀抱里，天地课堂中。

学得诗书破，求来气势雄。

一朝图报国，四海走蛟龙。

# 与同仁共勉①

不为艰难改，潜心向远洋。

横流沧海阔，竞渡怒潮狂。

浪涌穹掀顶，风嚣马脱缰。

任他迷雾黑，稳舵我前航。

题解：

重庆市大足城南中学校被媒体誉为教育界航母，历经廿年，无时不在风口浪尖，然仍往前行，何故？诸君审视之。

# 秋　望

长嗟休扼腕，翘首望云天。

千岭疏林寂，一蓑稠雨寒。

眸凝归雁路，梦断返乡船。

夜半鹃啼血，痴心不计年。

# 思 归

趁暮寻闲趣，披岚上峻峰。

清溪穿紫雾，白日下红枫。

鸟宿疏林里，人归野寺中。

惊闻飞雁唤，泪眼望长空。

# 七绝

# 咏南山玉皇观①

此处何曾住玉皇，年年顶礼拜荒唐。

莫批迷信多愚昧，难得良心一炷香。

后记：

吾以为，除邪教外，无论是迷信还是宗教，有信仰者总比无信仰的无法无天者好。

注释：

①玉皇观：道教供奉玉皇大帝的宫观。大足玉皇观在大足南山石刻景区内。

# 见抛荒地

膏①泥一寸值千金，不见嘉禾②见草深。

试问农夫何处去？棋牌桌上混光阴。

注释：

①膏（gāo）：本义是肥、肥肉，引申为肥沃。

②嘉禾：生长奇异的禾，也泛指生长苗壮的禾稻。

# 忆昔游泳

恒沙①往事散如烟，偏记游江恰少年。

白条翻搅千层浪，岂将敖广当神仙。

注释：

①恒沙：恒河之沙，比喻事物众多，也比喻极其微小。

# 寒露夜寄人

昨日黄花又满枝，今宵入梦汝来迟。

缘何不守他年约，已到风寒露冷时。

# 加班夜遣怀

冗务①沉沉千万斤，车装舟载总逡巡②。

但将欲念风吹散，留取冰心不染尘。

注释：

①冗（rǒng）务：繁琐、零碎的事务。

②逡（qūn）巡：徘徊不前，迟疑不决。

# 校园抒怀

五彩斑斓桧柏青，满园春色苦园丁。

纵成黄叶飘零后，也化尘泥①护德馨。

注释：

①化尘泥：出自晚清龚自珍的《己亥杂诗》。

# 教　师

锄草施肥几日闲，剪长修短事平凡。

青春化作涓涓①水，浇得花香果也甜。

注释：

①涓涓：细水慢流的样子。

# 赠　妻

半月揪心暗忍惊，嘘寒慰痛是真情。

若无一片冰心①许，安可宵宵②守五更。

后记：

住院 15 日，赖妻时时精心呵护。一夜，不慎尿湿床，妻使我睡其陪床，她坐守通宵。感念至极，以诗志之。

注释：

①冰心：清洁的心，形容性情淡泊，不求名利。出处唐·王昌龄《芙蓉楼送辛渐》诗："洛阳亲友如相问，一片冰心在玉壶。"

②宵宵：夜夜。

# 日暮思友

柳烟花雨夕阳斜，望断云山几点鸦。

濑水桥头惆怅久，何时芳信①到天涯？

注释：

①芳信：敬称他人来信。唐·白居易《祗役骆口驿喜萧侍御书至》诗："忽惊芳信至，复与新诗并。"

# 参加市人大代表会

如春四九下渝州，国是民生共与筹。

假事空言休说道，冰心一片写春秋。

# 自　题

天生贱种不知愁，不爱权财爱自由。

豪兴来时诗下酒，一身傲骨笑王侯。

# 自况（二首）

## （一）

一株老树满虫斑，叶尽枝枯皮已残。

唯有雄心坚似铁，危峰顶上斗霜寒。

## （二）

浅出深山向大河，逆风千里激流多。

长途不惮①危②峰阻，一路奔忙一路歌。

注释：
①惮（dàn）：害怕，畏惧。
②危：高。

# 崖上菊

几丛山菊漫①崖开，一任逍遥自剪裁。

不入方圆求赐予，寒香直扑碧窗台。

注释：

①漫：到处都是，遍。

# 偶　题

生于草芥①带尘埃，自信前身是凤胎。

洒汗寒窗寻慧剑，浇苗杏苑育良材。

注释：

①草芥（jiè）：小草，比喻轻贱的微不足道的东西。

# 愚　叟

天生愚笨叩诗门，一日无吟欲断魂。

夜半觅来三两句，朝阳绘好绣黄昏。

# 冬夜改诗

半夜方眠又起身，飕飕朔气<sup>①</sup>雾沉沉。

拼将铁杵消磨细，绣出河山万里春。

注释：

①朔气：寒气。

# 再悼武春燕

伫立<sup>①</sup>无言孤独翁，悲填沟壑眼迷蒙<sup>②</sup>。

红枫满岭卿离去，化作长天一彩虹。

注释：

①伫（zhù）立：长时间地站立。

②迷蒙：本义形容烟雾弥漫，景物模糊，此处指因内心悲伤而眼中含泪，使眼前景物模糊。

# 临镜（外一首）

## （一）

华巅谷下布深沟，两小清潭傍浅丘。

几度春秋随冷暖，辛劳满满忘哀愁！

## （二）

谁将霜雪覆峦颠，更把沟渠布小原？

岁月如刀身似木，青春削出老年斑。

# 看旧照片有感

昔日如松小①汉津，扬鞭催马卷黄尘。

古稀何敢称衰老，还望垂钓渭水滨②。

注释：

①小：形容词、转动词。小看，把……看小。

②滨：水边，岸边。

# 上市教委某主任

未见山花一朵妍<sup>①</sup>，如茵<sup>②</sup>翠色接长天。

草根也有凌云志，每向春光敢抢先。

注释：

①妍：美丽

②茵：垫子或褥子。如茵：像垫子那样的翠绿色，形容草的茂密。

# 春山游

飞花似玉香如浪，鼎沸人声春涨潮。

可意<sup>①</sup>柔风乖识趣，碧溪微皱叶轻摇。

注释：

①可意：称心如意，适合心意。出自《汉书·陈汤传》。

# 七夕夜大雨赠人

银河入夜涨狂潮，淹没高堤毁鹊桥。

织女牛郎偷约好，视频情话乐通宵。

# 未来之我

荒草稀疏长①小丘，两泉浑浊水长流。

洞开城阙兵丁少，犹舞军旗战不休。

注释：
①长：读 zhǎng。

# 秘　方

不须长夜怨无眠，捋得千斤苦与酸。

辗碎融成蜂蜜水，可医贪欲治疯癫。

# 雨后晨吟

鸟唤啾啾不住声，浅黄深紫满山坪<sup>①</sup>。

谁知昨夜催春雨，调动天庭几万兵？

注释：

①坪：指平地。

# 笔架山公园写真<sup>①</sup>

又抚琴弦又唱歌，翩翩起舞影婆娑<sup>②</sup>。

远观疑是穿花蝶<sup>③</sup>，飞去飞来半草坡。

注释：

①题解：见一群老年妇女在笔架山公园举行迎春歌舞会有感。

②婆娑（pó suō）：盘旋舞蹈的样子。

③蝶：古入声字。

# 山乡农民

脚踏青峰头顶天，如椽<sup>①</sup>巨笔写河山。

高栽果木低栽稻，僻壤也成伊甸园<sup>②</sup>。

注释：

①椽（chuán）：椽子，承托屋面用的木构件。

②伊甸园：《圣经》中亚当和夏娃的原居地，此处指地上的乐园。

# 等　待

长廊候诊久徘徊，渴望门开总不开。

焦躁情如煎沸水，病灾未了患心灾。

# 出院有感

阴霾<sup>①</sup>散尽见天清，涧碧梅香鸟弄晴。

冬冷何来春意暖，只因不再唤医生。

注释：
①霾（mái）：指因大量烟尘形成的浑浊现象。

# 整理药箱

瓶瓶盒盒一藤箱，没有金银有感伤。

莫为枯藜<sup>①</sup>悲老病，犹欣桃李尽芬芳。

注释：
①枯藜（kū lí）：藜杖；老翁常杖藜，此处指年老了。

# 玉

隐姓埋名亿万年，沉沉重压忍摧残。

守身不使冰心①变，终使人间刮目看。

注释：

①冰心：纯洁明净之心。

# 怜弱鸟

残阳无力抗寒风，颤颤巍巍下九重①。

小鸟扑腾何处去？严霜冷露苇丛中。

注释：

①九重：指天门，天。

# 饮茶翁

眉长髯①白胖仙翁，一盏清茶说笑中。

论罢玄黄②今古事，斜身靠椅眼迷蒙。

注释：

①髯（rán）：两腮的胡子，也泛指胡子。

②玄黄：本是指天地的颜色，玄为天色，黄为地色。诗中指天地。

# 周末闲吟

匀①来半日好心情，品茗南山六角亭。

不为繁花迷乱眼，闲听小鸟唱嘤嘤。

注释：

①匀（yún）：抽出一部分给别人或做别用。

# 审议市政府工作报告

倾情献策最繁忙，百鸟清音向凤凰。

但得巴山春意早，东风吹绿字千行。

2015 年 1 月 20 日于重庆金质大酒店

# 山溪水

不把山池做小家，奔波日夜向天涯。

高歌一路风光好，汇入江湖载万艖①。

注释：
①艖（chā）：小船、渔船。

# 深夜改诗稿

光阴似电亦如歌，逝若东流岂奈何。

把握分毫今日事，休将无价任消磨。

2015 年 4 月 1 日

# 外孙女范梦月考落败后

峻岭奇峰万道溪，奔流亦可阻长堤。

归江入海无常态，一浪高来一浪低。


# 看老农校岩绽蔷薇

苍崖百丈悬红瀑①，气势煌煌②态自殊。

遥望朝霞飞下界，近前才识万花图。

注释：
①瀑：古入声。
②煌煌：盛美的样子。


# 山乡拾趣

凤目蚕眉俏女郎，撩衣扎袖使牛忙。

挥鞭叱叱呵声急，垄垄新翻湿土香。

123

# 迟暮①吟

沉沉暮色掩斜阳，风卷浮云扫靓妆。

若得雄心拴日月，一天化作两天长。

注释：
①迟暮，比喻晚年。

# 牵牛花

含情脉脉总传神，一向攀援误寄身。

纵有馨香千万朵，终难独自过光阴。

# 担粪老翁

双鬓苍苍光脊梁，古铜沟壑满风霜。

泥沾两腿衣沾草，一担希望比路长。

# 中秋夜寄台湾弟妹

久盼团圆却未成，高天总不定阴晴。

雷霆难断同根脉，万里波涛共月明。

# 盆景松·赠同人

弯弯曲曲一盆松，怂①在书斋躲雨风。

遥忆当年多挺直，披霜斗雪自从容。

2015 年 1 月 21 日

注释：

①怂（sóng）：讥讽人软弱无能。

# 听雨轩即景

一碧扶疏入画屏，几丛修竹唤流莺。

知心更有梅三树，摇曳生香共浊清。

2015 年 2 月 20 日

# 冬夜备课

严霜皓皓起三更，冷月斜窗一盏灯。

搔首踟蹰思妙策，加油点亮众心旌。

# 谏　友

尘世自来多事端，宛如大海卷波澜。

心风搅得恩仇起，岂有襟怀一寸宽？

# 雷雨夜宿南山

一枕云房梦不惊，听凭电闪共雷鸣。

心中自有神针在，岂惮风掀恶浪生。

# 游山惊变

昏天黑地令心惊，路险峰高雨若倾。

莫畏前途身瑟索，追风驭电任横行。

# 看柳谏歧视差生者

风摇丛柳舞柔枝，翠浪翻高又落低。

百态千姿难澹定，差参哪得一般齐？

# 见豪奢送葬队遐想

锣鼓喧天一命除，千车万队送呜呼。

生前若少儿孙孝，死后哀荣有也无。

# 病中望竹

久卧家中老病夫，常忧明日更悬乎。

抬头望见窗前友，满脸嘲吾蠢似猪。

# 夜半回梁琴探病短信

习习馨风叩院门，缘卿短信问残身。

怀飞绮丽追君梦，半是相酬半是亲。

后记：

友人夜半梦吾脚肿如杵，赤脚上山，拒扶，惊醒后短信问疾。吾复信后入睡亦梦友人，起而得句以寄！

# 雷雨夜寄儿

堤崩海泻似天倾，黑幕银刀走巨霆。

多少人生漫漫路，几山凶险几川平？

# 沱江边闻事纪实

气若游丝命已悬，呼儿唤女到身边。

推三阻四装痴傻，谁为残躯白费钱？

# 某些人（外二首）

## （一）

偏将旧矩套新规，摆手摇头总自持。

已是钻天潜海日，何须紧抱老僵尸。

## （二）

常夸后汉颂前唐，每遇微澜少主张。

满腹冬烘酸腐气，总将鸡肋当肥羊。

## （三）

黄肤黑发打洋腔，已认家山是异乡。

可改基因华夏种，脱胎转世换爹娘？

# 赠南中莘莘学子（二首）

## （一）

和风习习送鲜妍，雨浥纤尘洗碧天。

应惜枝香春未老，拼攻险隘夺雄关。

## （二）

晴明万里好登山，莫畏高崖不向前。

敢积分毫成大步，征途漫漫凯歌还。

# 惊蛰节遣怀

人去楼空若散岚，米粮川里草芊芊。

黄髫白发扶犁杖，不见英雄下夕烟。

# 问　客

乡村四月奈何天，赶插青秧麦待镰。

无限风光游客醉，谁怜鹤发汗潜然。

# 江晨渔女

朝阳抛洒满江金，一网拖来亮似银。

高唱渔歌幺妹笑，酡颜媚倒众河神。

# 题小学部篮球赛夺冠

扑跃腾挪兼纵身，蛟龙猛虎抖精神。

争球岂为输赢事，只把笑声投进心。

# 暮春山中午睡

鸟送花馨梦未酣，茑萝①探脑上窗沿。

轻声问道君知否，雨洗黄梅味渐甜。

注释：

①茑萝（niǎo luó）：又名寄生，一年生草本植物。茎细长，卷络他物而上升。夏季开花，色有红有白，为观赏植物。

# 江边拂晓

岸柳摇来鱼肚霞，莺衔晓梦去天涯。

疏星跳进清波里，激起流光万朵花。

# 黄山挑山工

两鬓飞霜脚满泥，吁吁喘气笑嘻嘻。

双肩重担挑希望，哪管山高与水低。

# 山乡春意

春光处处献柔情，满岭繁花满岭莺。

只有清溪留不住，欢歌一路送蛙鸣。

# 山中奇遇

老翁锄罢上奔驰，脚底犹沾点点泥。

笑问车朝何处去，吾儿豪宅在城西。

# 临别赠妻

别离未就计归程，屈指三番算不清。

最恋南山幽径处，汪汪碧水照卿卿。

# 街 灯

驻守街边若哨兵，迎来暑晓送寒更。

时人不识真君子，却道无端夜夜明。

# 螺陀

脚轻头重岂伤怀，万响千鞭揍不才。

笑尔狂抽凶似虎，我凭机巧转圈来。

# 爬山虎

蔓蔓枝枝上陡墙，既无寸骨也无香。

攀援①诀窍深藏拙，宵小爬高有妙方。

注释：

①攀援：攀，指跟地位高的人结亲戚或拉关系；援，引用，援助，这里指靠外力而生存。

# 雨夜行

云幕雨帘风搅声，天如泼墨地难明。

燃灯一盏丹心亮，照我翻山踏浪行。

# 伤梅凋

雪风吻得野梅开，不见蜂媒下聘来。

小别归时君去矣，涔涔老泪浸灵台。

# 夜　望

秋风细细雨丝丝，黄蝶翻飞雁去迟。

百结愁肠装旧梦，几声嗔怨入新诗。

# 过广华山竹林

独向幽篁千百丛，朝听鸟唱暮听风。

霞光自幼娇横惯，赖在梢头练武功。

# 夜雨寄人

一别伤心贯始终，潇潇雨冷旧梧桐。

风云早卷山盟去，再过蓝桥已断鸿。

# 立春次日登重龙山

猴追羊去急匆匆，远上深山觅逝踪。

拾得莹冰三两片，轻轻藏进玉壶中。

# 晨起迎风口占一绝

恨风何不去天涯，偷摘彤彤一片霞。

扫尽寒霾驱朔气，招来暖意孕群花。

# 昙花夜绽

不相争宠抢春光，偏伴秋深夜露凉。

刹那芳华谁识得？递交明月一枝香。

# 夏夜山中遇雨

雷车碾雨过山垭，银箭支支向四涯。

黑幕撕开千道口，如奔万马闹喧哗。

# 忆昔赠人（二首）

## （一）

冀北河西走急忙，归来一对去成双。

几多明月清风夜，隔壁遥闻脉脉香。

（二）

当初俏语掩柔情，暗若潜流岂有声。

无限温馨搜聚起，留藏夜夜伴三更。

## 垂老吟

龙钟两袖眼盈眸，又值风高浪大时。

莫畏前程荆棘底，敢扛岱岳是男儿。

## 慢跑上山

老翁偏发少年狂，气喘吁吁上岭梁。

借得偷天移日术，欲将暮霭换曦阳。

# 刺玫瑰三首

## （一）窈窕淑女

不筹商贸懒锄禾，免付辛劳傍大哥。

姣姣天生龙凤眼，捞钱万贯一秋波。

## （二）无题

还寒乍暖使人愁，雨打花凋雾暗楼。

夜夜欢呼江水涨，平明不见浪推舟。

## （三）农民工失业

东君送暖绿田畴，不见欢欣只见忧。

昔日早飞深沪广，今朝还困老山沟。

# 七夕夜寄人

玫瑰未寄已蔫苞，红豆晶莹但怕抛。

只有心花犹可送，轻翻万岭过千桥。

# 看旧照片不眠

坐望星河夜未央，启封陈酿与谁尝？

当初不识真滋味，误把痴情掷浩洋。

# 宿桃林梦寄

离绪堆来日渐丰，每逢皓月叠千重。

今宵再吻他年梦，枕上桃花别样红。

# 题南天一柱

身裹云涛头顶天，红尘误坠不知年。

巍然独屹缘何故，为镇波平月更圆。


# 春　笋

雨后偷偷冒出头，尖尖脑袋乳毛稠。

莫嫌丑小难堪用，一旦参天可筑楼。


# 春　声

鸟啼花闹遍山坡，曲满晴岚韵满河。

更有林涛闲不住，跟风阵阵起弦歌。

# 荒山野玫

蓬蒿满地一枝花，独艳凝香不自夸。

任尔讥嘲随蚁众，芳心未负好年华。

# 东海望潮

遥听怒海起狂涛，势若奔雷万马嚣。

近望云天衔水处，洋龟几只闹重霄。

# 南山公园梅殇

小妹盈盈采折忙，风姿绰约映斜阳。

阿哥树上柔声问：到底黄红哪样香？

# 暮听箫声有感

斜阳正好白云轻，一曲清音别样情。

昔日黄昏人约误，至今惶恐怕箫声。

# 南山亭

檐飞六角势凌云，一望千山满眼春。

目送滔滔东逝水，独撑风雨镇乾坤。

# 晨　雾

侵晨薄雾似罗纱，袅袅婷婷向四涯。

我欲剪来三万丈，织成锦绣献千家。

# 喷水池

## ——赠浮躁者

喧闹声声白浪翻，定时定量定波澜。

君观四海三江水，滚滚滔滔出自然。

# 看蜂采花

好似高山流水声，咪花哆乃唱幽情。

凝神侧耳听详细，原是蜂歌伴鸟鸣。

# 中秋无月夜

今夜嫦娥闹罢工，锁门闭户出瑶宫。

不偷灵药偷雨簿，疯洒霖霪下九重？

# 换着装戏答友人

今生笃定命多艰，不敬邪魔不畏天。

已是龙钟犹大步，古稀尚着海魂衫。

# 与同人匡庐劲松前合影

莫畏浓云罩劲松，胸怀日月自从容。

仙人洞口轻声问，敢上青霄第九重？

# 梦后问人

翩翩入梦为何迟？两次三番惹我痴。

未必前生君是贼，暗来潜去窃相思。

# 改 诗

者份清闲不用偷，老蚕吐絮织新绸。

裁经补纬飞金线，但把情怀绣入裘。

## 给某恶人画像

恶犬伴描善犬妆，低眉顺目假慈祥。

一根残骨无多肉，猛扑疯拼胜饿狼。

## 栾树红叶林

几处红黄疑是花，谁施异彩乱琼桠。

瑶宫可有思凡树？赶到山巅化作霞。

# 口占一绝

暑寒假日长和短，唯在冰心窄与宽。

若是晶莹无杂质，一毫闲隙胜千年。

后记：

一年来节假日俱废，近来繁忙犹甚。

# 南山晨早

一岭莺啼一岭歌，风摇翠树泛金波。

朝阳最怕梳妆晚，早把霞光洒满坡。

# 柳　絮

似絮飘飘不似花，但凭风力向天涯。

出身卑贱心犹壮，晨对朝阳暮对霞。

# 晨起见月（外一首）

## （一）

碧波滚滚一扁舟，南北东西自在游。

任尔风涛千万里，盈盈浅笑总无愁。

## （二）

无数良宵总独孤，风情万种态犹殊。

羞争朝暮思荣辱，只向金乌道不如。

# 黑摩的

游移皓目盼行人，伫候街边谁问津。

饱受炎凉贪早晚，都因失业是流民。

# 听小贩叫卖有感

吆喝声声赚几文？黄昏苦累到凌晨。

何如学取清廉吏，一揿公章百万银。

# 戴假发有感

黝黝乌丝可乱真，萧萧白发隐无痕。

当今更有高科技，做假花招秒秒新。

2013 年 10 月 20 日

# 大连海边东望

海空浩浩战云浓，放眼狂涛几万重。

安得长风驱快艇，冲锋杀向钓鱼东。

2013 年 10 月 18 日于大连

# 车次达州段有感

蜿蜒叠翠走蛇龙，涧壑桥飞一线通。

多少月明风雨夜，悲欢历历梦魂中。

后记：

20 世纪 70 年代，我民兵师近万人，历尽艰辛，三年筑路始成。其间悲欢常入梦，故过此有吟。

# 梦友人醒后有寄（外一首）

## （一）

缘何倩影似飞鸿，来去匆匆夜梦中。

自是有琴弹不得，痴心一片月朦胧。

## （二）

无端梦发若春芽，我似枝丫尔似花。

相拥相亲同一树，何愁沦落到天涯。

# 即景遐想

又是春声涨碧池，柔风送暖唤新枝。

堂前舞雨双飞燕，几个还携去岁妻？

# 落花树上见新蕾

堪叹阴风最可卑①，摧残香艳坠污泥。

莫伤春老无寻处，小蕾喧嚣上嫩枝。

注释：①卑：卑劣、卑鄙。

# 呈玉帝策

天公误把泪长流，若化波涛入上游。

涸裂银河添水量，滔滔万里好行舟。

后记：

白露到霜降，连日大雨，特献一策与玉皇大帝，盼纳
谏也。

# 暮日雨交加

嗟叹今朝事也奇，红霞黑雾竞相飞。

西边日出东边雨，如炙斜阳晒湿衣。

题解：

2012 年夏至日，暮行大足广华山，顷刻间狂风起，云飞扬，东南边暴风如注，而西边夕阳依然光芒四射。为罕见之奇景而作。

# 答人问

一弯岭下一弯江，浩浩汤汤往远方。

若问吾侪归去处，初衷不改向汪洋。

题解：

人问民办校即将改为非营利，为何不可卖掉以从中牟利，以诗复。

# 窦圌山

孤峰笑傲小穹苍，众相浑圆我独方。

不向红尘抛媚眼，偏求无欲守荒凉。

题解：

窦圌山（dòu chuán shān），位于四川江油城北 20 公里的涪江东岸武都镇。

# 栾树秋红

红如火焰艳如花，遥看丹云挂树杈。

月弄金风摇曳过，疑听仙女抚琵琶。

# 又咏山中草

萋萋一片向天涯，不见蜂飞不见花。

乐得清贫甘寂寞，白云深处是吾家。

# 硕鼠（二首）

## （一）

余粮存入外仓房，鼠目谁云仅寸光。

亲属早成洋户籍，一闻猫叫窜他乡。

## （二）

昔日偷偷趁夜来，如今白昼窜高台。

争雄敢与猫同舞，胆小无能自认栽。

2012 年 5 月 14 日

# 雨夜南山游

蒙蒙细雨过中秋，缕缕西风满小楼。

莫以阴晴伤冷暖，心怀皓月上山头。

# 雨后见街边报废车

斑斑锈迹卧街边，翘首长天忆昔年。

负重寻常千里驰，如今落寞泪潸然。

# 披暮重游老农校

云霞绚烂罩黄昏，一寸晴明抵万金。

向①晚农家灯火少，余光切莫负山林。

注释：
①向：古有从前、过去之义项。向晚即过去的晚上。

# 过假花店（外一首）

## ——题某些学校

### （一）

娇艳非常百态新，枝繁叶茂长精神。

到头不见群蜂舞，哪有微馨献世人！

### （二）

八宝花瓶巧样装，五光十色置明堂。

斑斓但供人观赏，点缀门庭有用场。

2012 年 11 月 30 日晚

# 某中学开会（外一首）

## （一）

主持庄严诵佛经，众僧垂首更虔诚。

红裙一闪窗前过，盯瞎双双贼眼睛。

## （二）

奔雷滚滚撼山川，亮闪如刀划破天。

倏尔云开红日出，何来涓滴润人寰。

# 偶听蛙声

蛙声一片客疑心，宛若倾听隔世音。

只为频施农药误，寻常聒噪贵如金。

# 暖 冬

不见冰霜见乱英，融融淑气水蒸腾。

天公懒堕新常态，四序炎凉编乱程。

# 楚王毁琴

三日绕梁魂亦销，红裙曼舞醉雄豪。

一锤击得瑶琴碎，从此君王又早朝。

# 读《两晋史》悼嵇康①

绝世经纶隐市曹，不同凡俗领风骚。

广陵曲散琴弦断，从此文心贱若毛。

注释：

①嵇康：（公元224年—263年，一作公元223年—262年），字叔夜，谯国铚县（今安徽省濉溪县）人，三国时期曹魏思想家、音乐家、文学家。

# 再删诗集有感

经营律韵几多年，不见高峰见小山。

昔日人衣吾羡美，今朝方觉剪裁难。

# 高考奏捷赠同人

捷报传来举校欣，三年血汗苦耕耘。

飞天若可拈①星月，取做勋章授众君。

2012 年 6 月 23 日

注释：
①拈：用手指头夹、捏，取物品。

# 惊君子兰开

一枝幽梦一帘香，艳艳生绯理靓妆。

疑是瑶台偷渡客，潜来陋室闲适堂。

# 理县毕棚沟即景

雾若轻纱云若烟，如仙似幻笼山巅。

银龙最爱游沟底，翡翠林中红欲燃①。

注释：

①红欲燃：沟中绿树林里有大片石头上长着火红的苔藓，美不胜收，实为罕见。

# 桥畔遥望女友

垂杨夹岸拂清波，碧涧奔来一路歌。

忽见南门桥上影，惊鸿掠过泪痕多。

# 寄　远

玫瑰欲寄向天涯，可恼狂风卷恶沙。

久废鱼书兴短信，轻轻一摁送心花。

# 喇叭花

总是张扬小喇叭，绕梁音好漫矜夸。

身无寸骨终难立，枉自溜须往上爬。

2014 年 11 月 20 日

# 写日记有感

恒沙往事紧收藏，折叠封包锁密箱。

待到悲欢皆忘却，再开锦匣觅清香。

# 天　问

沙丘怒目问皇天，荷浪缘何涌脚边。

既有苍茫于塞北，岂来秀美似江南？

后记：

苍茫黄沙，尽显塞北雄浑苍凉；碧波荡漾，彰江南隽丽。
截然不同之景，见之于一地，美不胜收，妙不可言。此乃
沙湖。见此景，我终于明白何为竞争了。

# 赠学生

金丹九转生灵气，百炼精钢绕指柔。

莫向终南寻捷径，须知沙聚可成丘。

# 无　题

金鳞赤尾戏清波，红喙花毛唱赞歌。

纵是平时千样好，终为玩物奈如何？

2013 年 7 月 11 日

# 读某些诗作有感

几多梦寐欲扬名，又怕推敲过五更。

拾得他人三两句，翻为新调做佳声。

# 发　热

温度升高卅九三，几番走近鬼门关。

阎君斥我谋逃世，遣返阳间斗困难。

# 月夜寄嫦娥

灵丹偷吃枉成仙，一困蟾宫若许年。

日夜清凄空洒泪，蛾眉懒画悔贪婪。

# 如此善良

满脸慈祥满口仁，怕伤蚁蝼损禅心。

但闻捐款扶危困，顿变花容慌了神。


# 晚照吟

霏霏冷雨过重阳，多谢秋风送菊香。

扭住年轮休放手，拼争分秒好时光。


# 时　光

缘何往返总匆匆，谁见来痕与去踪？

力大也难留一寸，奔流入海不重逢。

# 感事遣怀

立秋前后艳阳凶，不见清凉不见风。

敢问炎神何日去，天公答曰调研中。

# 小年夜之灶君

腾云驾雾几光年，劳顿何辞上九天。

为夺虚名争实利，灵霄殿上进谗言。

# 春晨早起

绿柳依依草离离①，千娇百媚万花奇。

黄莺破晓催人起，拥抱春光好咏诗。

2012 年 4 月 30 日

注释：

①离离：分披繁茂貌。

# 张富柯等来访

十年树木已成材，曾是当初手自栽。

谁解其中甘苦味，几多欢乐几多哀？

题解：

今日有学生来访，其毕业后均事业有成，即兴而发！

# 为学校某干部画像

挺胸昂首望云天，武略文韬岂等闲。

如问些些盐铁事，赧然枯坐已无言。

# 见野生月季未绽而凋

寒来暑往总无愁，浅笑盈盈竞自由。

但有娇香开不得，都因朔气裹枝头。

# 忆昔六月火把节

六月彝家不夜天，熊熊火炬带香燃。

情歌米酒熏人醉，谁说红尘没有仙？

# 望楼走笔谏友

万幢千层蔽日头，瑶宫玉阙众声讴。

安危岂独关高下，险象多生负一楼。

# 参悟有得

远观历历近观无，恰似真经难解书。

睡去昏昏心朗朗，人生最好是迷糊。

# 苦秋雨

冷雨绵绵满垄沟，大江苦涨小河愁。

归仓已误苗难稼，谁说天凉好个秋？

# 桑榆吟

豪情仍在似儿时，欲上青云恨少梯。

但借鲲鹏千丈翼，凌霄殿外抓天鸡。

# 雾晨过歌乐山

雾绕云遮几盏灯，只疑闪烁是寒星。

人间天上难分辨，多少飞船伴月明？

# 古榕下遣怀

岭上葱茏一古榕，风光独揽自称雄。

周遭足下无芳草，可有群鸦共晚钟？

# 梦别友人

征雁啼来万里霜，江天寥廓野茫茫。

不堪最是柔情水，两处魂牵话短长。

# 秋山红花

黄蝶翻飞九月天，半山寂寞半山寒。

缘何闹市无踪影？偷到高峰独自闲。

# 夜　读

寂静周遭夜未央，柔光照壁漾书香。

陈年老窖谁知味，乐煞凡夫我独尝。

# 大足石刻赞

老窖尘封六万坛①，香醇秘制越千年。

今朝美誉播寰宇，醉倒瑶池众大仙。

2014 年 6 月 22 日

注释：

①六万坛：喻指大足区内摩岩石刻造像六万余尊。

# 不眠夜忆女友（宽韵）

追梦三番夜未深，起翻相册见情真。

风干记忆为标本，留待来生照样寻。

# 沱江边观日出

丹霞飞涌散晨阴，一洒江涛万点金。

借问谁家真富贵，五湖四海恁均匀？

2014 年 7 月 23 日于沱江边

# 晴 江

一江春水笑轻风，细浪银鳞映日红。

惹得河神私下乐，误将浮影认圆琼①。

2015 年 2 月 19 日

注释：
①圆琼：意为圆的美玉。

# 吃野苦菜有悟

琼茎玉叶出①深山，热熟凉生各入盘。

细嚼②方知人世味，绵绵苦过有余甜。

2015 年 5 月 7 日

注释：
①出：古入声字。
②嚼：古入声字。

# 三角梅

蔓蔓枝枝出我墙，偷偷送抱不声张。

漫嗟红粉他窗艳，且把芳馨作嫁妆。

题解：

在我家花廊中有三角梅一株，却爬上房顶在楼上人家窗前绽艳，即景而作。

# 为褚宝增先生画像

狂言喷涌不遮留，骂罢天罡骂牧牛。

君若官居都御史，几人欢喜几人愁？

题解：

褚宝增为北京地质大学教师。

# 柳絮自咏

谁羡桃花与李花，任他风送向天涯。

不争香艳甘痴傻，且把春情①报万家。

注释：
①春情：春的情景或意兴，见《辞海》。

# 见狂风大作有感

树浪尘涛暗九天，一波才过一波连。

吾侪久困风雷阵，东突西冲三十年。

后记：
吾掌南中近三十年，然无时不在风雷阵里。

# 阳台独酌

偷得闲情品一盅，孤杯对月眼迷蒙。

轻抛琐碎千钧担，笑把痴心付过鸿。

# 迷　路

一路行吟去校园，敲词琢韵陷沉酣。

校门早过三千丈，笑我痴迷乐半天。

题解：

步行去校，为推敲诗中一字，过校门近千米而不觉，真贻笑大方也。

# 见弦月遐想

巨钩银亮挂苍穹，不钓鱼虾钓蛀虫。

诱饵全无悬富贵，前蛾扑火后蛾从。

# 购书后有感

银波似水夜沉沉，焦虑千般挤在心。

已购诗书逾万册，不知何处买光阴？

# 大年夜盘点

冗事经年历万桩，无须回首话炎凉。

披荆历险华容道，且把辛酸拌蜜糖。

# 临镜自戏

一座皑皑大雪山，两泓浊水下沟湾。

莫言餐饭三遗矢<sup>①</sup>，催马扬鞭破险关。

注释：

①莫言餐饭三遗矢：出自《史记·廉颇蔺相如列传》：意思是入厕三次，后"三遗矢"指体弱多病。

# 江边月夜无眠

涛声摧梦梦难成，起视中天月正明。

最是无心江里浪，总将冷眼看阴晴。

2012 年 7 月 20 日

# 重阳登南山思友

重阳佳节又重来，满地黄花次第开。

独倚西风人早瘦，追寻旧梦入伊怀。

2012 年 10 月 23 日

# 山村黎明即景

银月似灯灯似月，灯光月影映江辉。

晓星不畏雄鸡唤，乐在他乡不欲归。

# 妻催促上班

花甲年逾赶上班，争分夺秒恐迟延。

个中滋味谁知晓，少有辛酸多有甜。

2013 年 1 月 14 日

# 家 教

冰轮尚赖在西峰，谁染东天一抹红。

唤醒娇儿催早读，光阴来去可匆匆！

# 宿农家晨起

犬吠鸡鸣闹五更，催翁唤稚起秋耕。

时人倚重楼盘利，岂管田园长棘荆？

2013 年 10 月 3 日晨

# 即景赠人

鸟闹晴空水跃鳞，群山吐翠接江滨。

东风度得千枝艳，不及心中一缕春。

# 雨中登南山健身

春雨蒙蒙细细风，不扶藜杖独行翁。

古稀将至何言老，鹤发嬉嬉胜幼童。

2014 年 4 月 10 日

# 山　居

一潭碧水三丛竹，四季花香绕草庐。

但得山蔬沽浊酒，管他云卷与云舒。

2014 年 4 月 22 日于丰都农乡

# 送 春

深宵风雨卷雷声，已是花残啼晚莺。

万唤千呼留不住，莫如酹酒送君行。

# 丧事新风

敲锣击鼓悼亡灵，僧道庄严颂佛经。

丧乐棋牌连裸舞，哀伤岂见有真情？

2014 年 7 月 2 日

# 山中暮行

一路黄花一路风，清溪浅唱野林中。

幽香伴我行吟客，汩汩诗泉涌出胸。

# 看某学校文件后

歪嘴和尚诵正经，徒行善念度生灵。

空门岂解尘缘事，枉在禅堂坐五更。

2014 年 10 月 5 日

# 兴　叹

登临巨厦手摩天，忘却凡尘疑是仙。

俯瞰苍茫楼海里，通街寂寂少人烟。

2014 年 11 月 19 日于绿地海棠湾

# 早醒寄妻

二更方睡三更醒，遥望云天几盏灯。

非是枕涛眠不得，只因绮梦又关卿。

2014 年 12 月 15 日凌晨 4 时于海口希尔顿大酒店

# 夜梦伊人

三十年来绝是非，缘何昨夜又相随。

春风一度桃花劫，皓月清香已久违。

2014 年 12 月 30 日夜

# 寄渝州女友

芳草天涯任信风，来无印迹去无踪。

花开并蒂春宵短，恨隔蓬山几万重。

2015 年 2 月 14 日情人节

# 另类清明祭

不见牺牲泪泗倾，男吹口哨女轻哼。

坟头嬉闹坟中怨，怒问何来两畜生？

# 谏我集团某群体

邪风催浪动狂潮，雨打鸥惊乱叫嚣。

校外无为偏叫好，偏诬校内一团糟。

# 山中早起即景

浓云何必守残更，高压苍穹低压城。

杜宇啼来林啸后，清风摇出满天星。

2015 年 5 月 6 日凌晨 4 时

# 某钻营者

游走钢丝胆气寒，平衡两脚协双肩。

一朝失足千年恨，错把清规作笑谈。

# 劝友人少过洋节

西方有主叫耶稣，偏爱白皮蓝眼珠。

敢问通宵欢闹者，几人读过圣经书？

# 极端天气

炎炎夏去太匆匆，一夜潇潇卷朔风。

拘拿天爷详审讯，为何颠倒混秋冬？

# 望春水东流

濑溪滚滚出乡关，风打春红落满山。

谁说东流成永逝，蒸腾化雨就回还。

# 悔

心田荒草乱如麻，清梦缘何惹噪鸦。

只怨不分真与假，总将砾石认金沙。

## 宿农民文化技术学校

夜宿南山涕泪多，浮云几片记蹉跎。

悲欢铸就通天道，一路攀登一路歌。

## 棠城春早

棠花争艳几高枝，夜雨催生草怨迟。

最是春潮汹涌处，香波泛滥濑溪堤。

# 东序兰组诗（四首）

## （一）种兰

心花先放再培兰，满室生香恒远传。

得失悲欢非为利，悟来三昧自安然。

## （二）问兰

难道幽香只在庐，下川登岭不丈夫？

恬娴岂独英才德，君子谁分汉与姝？

## （三）移兰

皆怜谷底几丛妍，夜望繁星昼望天。

莫误芳心终寂寞，邀来东序学先贤。

（四）教兰

自来东序伴群贤，朝暮灵台沐圣泉。

入耳书声除野俗，云霾扫去变蓝天。

# 山菊颂（三首选一）

万紫千红竞放时，羞于谄媚是秋痴。

风摧雪浸成干瘦，也不甘心别故枝。

2014 年 11 月 18 日

## 望月怀想

涟漪寂寂映冰轮，皎皎如霜幻假真。

我欲凌空挥巨剪，清光截得赠伊人。

# 菜市偶吟

绿紫红黄样样精，大摊小贩笑相迎。

高呼扁豆低呼笋，老卖肥根嫩卖茎。

似水人潮肩偶碰，如龙菜浪鸭常鸣。

绯裙妹妹娇声唤：我这西芹最水灵。

# 相聚忆昔

新春素友①喜重逢，五十流年一梦空。

李氏祠前云惨淡，黄兴坝上雨迷蒙。

书声岂有风声紧，血色偏无菜色浓。

幸得青霄②霾气散，和风习习③夕阳红。

后记：

与老友相聚，言谈中无一不提及 20 世纪我等读书岁月之残酷，饥饿之惨烈。

注释：

①素友：情谊纯真的朋友，旧友。

②青霄：青天，高空。

③习习：形容风轻轻地吹。

# 杭州遣怀①

丝丝缕缕乱无头，万捆千箱满是忧。

海浪山高心是岸，天风血冷骨成舟。

安危岂为锱铢②计，好歹皆因桃李③筹。

自信人亡魂不朽，将他化石垫新楼。

注释：

①遣怀：抒写情怀。

②锱铢（zī zhū）：旧制锱为一两的四分之一，铢为一两的二十四分之一。比喻极其微小的数量。

③桃李：比喻老师辛勤栽培的学生。

# 遣春曲

昨夜东君信使来，言之凿凿巧安排。

且将冬梦封存起，须把春光遣散开。

紫绛千支留巨谷，红黄万朵置高台。

香梅雅竹幽溪畔，皓月朝阳任剪裁！

# 和君默先生原玉

雨雪风霜一岁除①，月摧年损鬓毛疏。

岂能摇尾装功狗，宁可昂头似蠢猪。

窃取三余②敲律句，遍游五岭觅天书。

香醪③两盏林中卧，懒管浮云卷与舒。

注释：

①岁除：除字是"去、易、交替"；一岁就是一年。岁除，就是一年过去了的意思。

②三余：董遇"三余"勤读，又名"董遇劝学"，出自鱼豢的《魏略·儒宗传·董遇》，指读好书要抓紧一切闲余时间。

③醪（láo）：浊酒。

# 赠南中教师

光阴轻过满头霜，几分辛劳几分忙？

灯下龙蛇①心杳渺②，案头血汗夜苍茫。

新苗出土新希望，大树参天大栋梁。

待到风清秋月朗，盈盈浅笑向辉煌。

注释：

①龙蛇：指书法笔势的蜿蜒盘曲。诗中指教师伏案书写。

②杳渺（yǎo miǎo）：悠远的样子。

# 我的大学

万里旋蓬①误少年，身背苦难出乡关。

昼餐馊臭羞人后，夜望星灯卧厕前。

国乱生穷悲命薄，风围雨裹怨衣单。

天恩赐我书千册，写在江湖山水间。

注释：

①旋蓬：随风飞转的蓬草。出自唐李白《梁甫吟》"东下齐城七十二，指麾楚汉如旋蓬。"

# 深山竹

浮筠①簇簇露峥嵘②，傲雪披霜挺若旌③。

偏爱云岚④偏喜岭，不嫌贫瘠⑤不簪缨⑥。

山中直节⑦唯君瘦，世上冰心⑧数我贞。

十级狂风头略点，从来宁折不偷生。

注释：

①筠（yún）：竹子的别称。

②峥嵘（zhēng róng）：形容高峻，也比喻突出、不平凡。

③旌（jīng）：古代用羽毛装饰的旗子，也泛指旗帜。

④岚（lán）：山里的雾气。

⑤贫瘠（pín jí）：土地不肥沃，土壤层薄。

⑥簪缨（zān yīng）：古代达官贵人的冠饰，后借以指高官显宦。

⑦直节（zhí jié）：意思是守正不阿的操守。

⑧冰心：出自唐代王昌龄的《芙蓉楼送辛渐》，指纯净高洁的心。

# 暮登黄山

黟山①万仞②入层霄，一上天梯胆气豪。

白雾腾腾吞白日，狂风阵阵卷狂涛。

啸声浩浩松犹静，险路迢迢岭自高。

谁惮③艰难忧冷暖，拨云赶月任逍遥④。

注释：

①黟（yī）山：古代对黄山的别称。

②仞（rèn）：古时八尺或七尺叫作一仞。

③惮（dàn）：害怕，畏惧。

④拨云赶月任逍遥：此句既浪漫也气冲斗牛，豪气万丈，很有画面感。

# 天涯石

谁遗巨石掩蓬蒿，历尽沧桑总自豪。

地火熊熊掀热浪，天雷滚滚卷寒潮。

横流沧海灵山近，直破浮云彼岸遥。

凛冽罡风何所惧，气闲心静对狂号。

# 复友人劝息肩①

石破天惊一闪光，流星焚骨赴汪洋。

赢②牛负重翻高岭，漏舫迎风过大江。

莫叹无能担道义，应须有意做椽③梁。

人生不死谁曾见？岂以时间论短长！

注释：

①息肩：让肩头得到休息。比喻卸除责任或免除劳役。

②羸（léi）：瘦，疲劳。

③椽（chuán）：椽子，承托屋面用的木构件。

# 江村秋晓（外一首）

## （一）

最美江村欲晓天，风揉雾碎化云烟。

碧空月落鸡催梦，柳岸乌啼浪吻滩。

鱼火幽幽三两点，霜枫灿灿几千山。

兆民①已惯《清平乐》，谁信南洋卷巨澜？

注释：

①兆民：古称天子之民，后泛指众民、百姓。

## （二）

林角熹微①夜未央，草凝晶露石生凉。

月追江上千堆雪，蛙噪村中半亩塘。

北岭莺啼南岭应，前垮花艳后垮香。

陶公<sup>②</sup>眷恋悠游处，翘首<sup>③</sup>行吟又几章？

注释：

①熹微：形容阳光不强（多指清晨的阳光）光线淡弱。出自晋·陶潜《归去来兮辞》。

②陶公：晋陶渊明。

③翘首：抬起头来向远处看。

# 元日寄京沪诸君

久厌喧嚣喜别渝，来听野犬吠荒芜<sup>①</sup>。

羁居小屋灵台净，放逐闲情信息殊<sup>②</sup>。

冷酒三巡明月共，清风几缕故人无。

聊将昨夜相思意，捎往申城<sup>③</sup>并大都。

注释：

①荒芜：（田地、园林等）因无人管理而长满野草。

②殊：断；绝。《左传·昭公二十三年》："武城人塞其前，断其后之木弗殊。"

③申城：一般指上海。上海简称"沪"或"申"。

# 偶　遇

乞讨街边一老翁，单衣百孔苦寒风。

苍苍①乱发浑身抖，切切悲声独目红。

泪水长流号惨怆，貂裘厚裹②笑孤穷。

何时举世桃源③美，处处和谐构大同④。

注释：
①苍苍：灰白色。
②貂裘厚裹：这里指富豪。
③桃源：出自陶渊明的《桃花源记》，指世外桃源。
④大同：理想社会。中国古代儒家所宣传的最高理想社会或人类社会的最高阶段，为历代儒客推崇。

# 改诗夜吟

野客无才且自知，难登极顶掘珍奇。

夜携明月寻新路，晨掬霞光染旧词。

但得心花开一朵，不愁银发落千丝。

修枝剪叶辛酸事，抹粉涂脂近傻痴。

# 自画像

身长五尺眼朝天，不羡峨冠①只慕贤。

昔日漂萍②逢恶水，今朝放胆闯雄关。

七成迂腐三分傻，千丈闲愁一寸丹。

自诩生来钢骨架，何忧邪气浸心肝。

注释：

①峨冠：亦作"峩冠"，意思为高冠。出自《新唐书·卷一八三·韩偓传》。

②漂萍：漂动的浮萍，比喻流离漂泊。

# 枯　叶

炎凉历尽向三秋<sup>①</sup>，嫩翠枯黄山自由。

脉络延伸枝窈窕，生机勃发月沉浮。

扶疏<sup>②</sup>引得娇莺驻，迤逦<sup>③</sup>招来碧水流。

已忘青春腮上痘，雀斑瘦骨不知愁。

注释：

①三秋：这里指秋季的第三个月，深秋时节。

②扶疏：枝叶茂盛，高低疏密，疏密有致。

③迤逦（yǐlǐ）：本义为曲折绵延，这里有延伸之意。

# 日记摘抄

生于下里却求真，怯揽虚名祸害人。

一脸沟渠皆记忆，满头霜雪是年轮。

时空涧里流心血，教育炉中去垢尘。

休惧一朝形色灭，荣枯不计有精神。

# 忆昔诗佐酒

一杯冷酒十行诗，高唱低吟觅子期。

工部佳肴香混沌，乐天陈酿醉迷离。

萧萧①雨雪当年式，滚滚风涛过去时。

枵腹充饥餐锦绣②，醺醺起舞独狂痴。

注释：

①萧萧：象声词，状雨雪汹汹然之势。

②锦绣：指美好的事物，也可形容山河大地，诗中意为望着美景充饥。

# 重来普格

也曾遗梦在凉山，不惮峰高恶水寒。

胆壮难为三两米，力穷妄挣一分钱。

层层黑雾疑无路，夜夜狂风岂有鼾。

五十春秋人物变，艳阳映得晚霞妍。

# 记梦景

一座孤城万丈崖，洪波肆虐①恨无槎②。

云涛阵阵天宫坠，雨剑森森③地府赊。

救命方舟江上月④，施恩小鬼镜中花。

求神不得平波策，自破重围向四涯。

注释：

①肆虐（sì nüè）：放肆侵扰或残害；任意干残暴的事情。极言洪水破坏力之大。

②槎（chá）：用竹木编成的筏，泛指船。

③森森：众多貌。

④江上月："江上月"和"镜中花"都是指虚无之东西。

# 秋晨登山寄人

林涛万丈动云旌①，望断蓝桥②路几程。

昨夜情柔依旧梦，今朝雨怒打新萍。

千层雾障高低暗，一线希望早晚明。

叶落谁堪秋岭瘦，天涯咫尺共阴晴。

注释：

①云旌（jīng）：像旗帜一样迎风飘动的云。

②蓝桥：指驿亭。

# 登山感怀赠同仁

小雷轻过早莺啼，料峭①晴光转绿畦②，

一任③浮云游上下，犹听恶雾④响东西。

嫩枝新挂茸茸叶，柔水初升浅浅溪。

遥望重峦攀叠嶂，老夫信⑤步上天梯。

注释：

①料峭：形容微寒，亦形容风力寒冷、尖利，此处指刚刚入春，天气仍然还寒冷。

②畦（qí）：古代称田五十亩为一畦，此处指田地。

③任：听凭，任凭。下联"听"与之同义。

④恶雾：大雾。

⑤信：随意，随便。信步：随意地行走，漫步。

# 车过襄阳

穿山破雾过襄阳，遥望当年古战场。

血洒雄关真苦难，骨雕龙椅假辉煌。

犹闻冤鬼冲天怒，似见昏君怨肉香。

但得人寰烽火绝，笙歌唱彻国无疆。

# 含鄱口①遇暮雨作

含鄱口上乱云飞，不见风帆向翠微②。

白浪排空烟笼水，江鸥唱晚羽沾霏。

撕开暮霭寻明月，揉碎斜阳换皓辉。

但得宵宵清似昼，初心切切莫相违。

注释：

①含鄱口：含鄱口位于庐山东谷含鄱岭中央，海拔1211米，左为五老峰，右为太乙峰。山势高峻，怪石嶙峋，形凹如口，对着鄱阳湖，似乎要把鄱阳湖一口吞下似的，

故名含鄱口。

②翠微：青绿的山色，也泛指青山。

# 南山感怀寄永昌兄

岭亘①南天气自雄，穿云踏雾势凌空。

足嬉碧浪千山雨，头顶惊雷十级风。

可羡初心终不弃，犹怜污水始难通。

艰危未尽巍峨在，但与松梅苦乐同。

注释：

①亘：连绵不断。

# 答友人陶廷梅问

早岁疏狂不畏难，胯夫无力妄扛天。

登阶始悟灵山远，接橹方知彼岸悬。

石乱征程坚似铁，心忧世态薄如烟。

几番夜半曾惊梦，为有初衷敢向前。

## 夏逢暴雨

银河决口水沺沺①，似泻如倾状似帘。

雨海东来淹九壤，云峰北向撼三天②。

雷惊到处千山抖，电闪过时万胆寒。

我驭飙风驱黑雾，乾坤朗朗日高悬。

注释：

①沺沺：水势盛大貌。

②三天：我国古代关于天体的学说，有浑天、宣夜、盖天三家，称为"三天"。此处泛指天空。

# 梦与友夜游，会大雨

相携涉涧过幽林，欲揽云涛上险嵚①。

握紧柔荑②心惴惴，望穿秋水泪涔涔。

灵犀一瓣通朝暮，斑竹三枝③论古今。

夜雨无情浇绮梦，怨惊两地共琴音。

注释：

①嵚：山势高俊、高险。

②柔荑：指女人的手。

③斑竹三枝：昔舜巡游，死。女英、娥皇痛哭泪尽继之以血，洒于竹上遂成斑状，故名斑竹。两女思舜，焉知舜不思二女耶？故吾云三枝也。

# 秋雨夜寄人

岂敢①只身②涉险河，老来最怕忆蹉跎③。

风吹野岭千支笛，雨打蕉丛④一首歌。

竹簟⑤清凉新梦少，心旌⑥炽热⑦旧情多。

秦时月照今宵浪，几度刘郎⑧逐逝波。

注释：

①岂敢：怎么敢，哪里敢。

②只身：孤单一人。

③蹉跎（cuō tuó）：时间白白地过去，虚度光阴。

④蕉丛：芭蕉丛。

⑤簟（diàn）：竹席。

⑥心旌（xīn jīng）：心神，神思。

⑦炽热（chì rè）：形容温度极高。

⑧刘郎：指东汉刘晨。相传刘晨和阮肇入天台山采药，为仙女所邀，留半年，求归，抵家子孙已七世。

# 深夜吟寄人

小序：生日夜与友人舞后归家，久久不眠吟记

久望长庚①总不眠，柔情似水漾心田。

一封微信千行泪，四海风波万里烟。

煎得黄连②皆是苦，酿来蜂蜜也曾甜。

周遭寂寂③灯光绝，依旧涛声动客船。

注释：

①长庚：长庚星，又叫启明星，比太阳落得晚，所以叫长庚星；因为它出来得比太阳早，所以又叫启明星。

②黄连：一味中药，味道很苦。

③寂寂：形容寂静。

# 复人谏

七彩霞光沐九州，古稀①谁说志难酬。

高天浩浩②无涯极③，险道悠悠有尽头。

弃马攀缘神鬼惧，挺刀冲刺虎狼愁。

莫嘲廉颇三遗矢④，犹可弯弓射敌酋⑤。

注释：

①古稀：称人年七十。

②浩浩：浩瀚。

③涯极：无边无际。

④廉颇三遗矢：廉颇为战国名将，年老后赋闲在家。

后来赵王想看廉颇是否还能重用，于是派使者唐玖前去探视。廉颇为求起用，年老强饭，一饭斗米，唐玖因受郭开贿赂，回到赵国邯郸城对赵王假说廉颇坐谈间解三次大便，使赵王以为廉颇年老体衰，不予召用。

⑤敌酋：敌人的首领。

# 写自传《一萍浮海》有感

昔日谁人劝读书，少年觅食闯江湖。

飕飕①冷气锥②心髓，辘辘饥肠待谷麸。

浪迹千山求活路，萍踪四海是穷途。

三魂几③至黄泉界，可恨阎君不要吾。

注释：
①飕飕（sōu sōu）：形容风声。
②锥：用锥刺。
③几：几次。

# 开学工作会上赠同仁

鞍鞯<sup>①</sup>未卸又登程，我自扬鞭奋大旌<sup>②</sup>。

仰望云峰天底暗，回观来路眼中明。

滔滔雪浪汪洋险，个个船员技艺精。

履<sup>③</sup>热披寒冬夏苦，金秋笑阅凯旋兵。

注释：

①鞍鞯（ān jiān）：马鞍和马鞍下面的垫子。

②旌：旗帜。

③履：踩。

# 临镜自吟

霜星入鬓悄无声，对镜何须黯怆<sup>①</sup>情。

龟寿<sup>②</sup>万年身尚健，松龄<sup>②</sup>千载叶还荣。

琴心<sup>③</sup>未可随黄鹤，剑胆<sup>③</sup>犹能破敌营。

南靖<sup>④</sup>胡蛮军将在，踏平坎坷任纵横。

注释：

①黯怆（àn chuàng）：黯然神伤，悲伤。

②龟寿、松龄：指长寿。

③琴心、剑胆：比喻刚柔相济，任侠儒雅，既有情致，又有胆识。

④靖：平定。

# 红梅自咏

幽香出自一枝红，傲骨天生不畏风。

冷雪无情摧白草，彤云有过①压青峰。

任他猖獗掀霾雾，凭我安然伴竹松。

暴虐难移三友义，冰封时节更从容。

注释：

①过：错误，名词。

# 漂泊者

一萍浮海苦无家，浪打风吹向四涯。

岭戴浓霜峰戴雪，晨餐淡雾暮餐霞。

穷途饮泪彤云暗，闹市吞声白日斜。

不信孤贫蒿芥命，是梅自会吐芳华。

# 小　溪

一路欢歌一路忙，穿林绕岭出洪荒。

闲浇草木勤浇稻，早过城池晚过乡。

奔走皆求民获利，停留只为夜添光。

若能岁岁河清晏，蹈海捐躯亦不妨。

# 无眠夜寄人

西风瑟瑟夜深沉，欲醉狂歌少素琴。

北岸伊人眠浅浅，中天皓月照森森①。

遣溪小浪捎微信，寄意深情出赤心。

但做来生连理树，枝柯拥抱共晴阴。

注释：
①森森：明亮的样子。

# 拂晓登山

幽幽①曲径树森森②，独踏清霜上险岑③。

雾镇④青峰眠未醒，虫鸣白草响还沉。

乘风早惯炎凉味，驾梦犹怀日月心。

莫怨阴寒随只影，东方已动六龙吟。

注释：

①幽幽：深远的样子。

②森森：繁密的样子，这里指树木茂盛。

③岑：小而高的山。

④镇：笼罩之意。

# 建议驳回遣怀

雪雨风霜出祸灾，何劳侪辈挂襟怀。

有闲莫论炎凉去，无恙还奔早晚来。

野雾高低天易测，浮云厚薄鬼难猜。

卷舒自是神仙管，谁赖凡身贱肉胎。

# 夜梦武春燕入盟有记

绮梦翩翩胜吕仙，驭风驾雾向浮岚。

笙歌隐隐霞弥野，紫气悠悠鹤满天。

若絮身轻奔迅电，如磐重任访高贤。

未曾相识灵犀在，流水高山深谷兰。

题解：

武春燕欲入盟《诗词世界》编辑部。

# 从教四十一年

四十年来泛是非，几番深海试安危。

风涛万里连天涌，桃李千株拔地奇。

自有丹心耕沃土，偏无黑水入清池。

老夫岂惧征途险，笑赌人生不悔棋。

# 回乡途中有忆寄女友

狮子山头想碧莲，酸甜苦辣忆从前。

情初入醉因诗起①，恋后成痴为梦牵。

手挽青龙天降雨②，身依北塔地飘烟。

堪怜柳杪升明月，正是低声蜜语绵。

注释：

①因诗起：与之相恋，缘于其见我写的诗。

②手挽青龙天降雨：有一次与其及其他四人夜上高坪青龙场，适逢天雨路滑，无奈只好挽着其手前行。

# 春日思归

春讯①何时下翠微②？风潜暗夜雨霏霏。

疏林渐露黄芽浅，碧水初升白鹭飞。

笋嫩油煎涎③欲滴，椿④香蛋炒客思归。

乡愁未忘苍苍鬓，屈指无期泪莫垂。

注释：

①春讯：春的信息。

②翠微：青翠的山色，形容山光水色青翠缥缈。也泛指青翠的山。

③涎（xián）：口水。

④椿：香椿，也叫椿树。落叶乔木。嫩叶具香味，可食。

# 公　鸡

花衣五彩戴红冠，引颈长鸣眼向天。

众牡①相随仪仗队，群雏②紧傍特勤员。

刀磨霍霍须臾③事，命丧哀哀取次④间。

当日强争虫与米，到头谁不血斑斑？

注释：

①牡：本义是雄性动物的泛称，在此处指公鸡。

②雏（chú）：小鸡。

③须臾：一会儿，言时间短。

④取次：一个挨一个地；挨次；依次。

# 清明夜悼倩琼

望断长亭①复短亭，伤心夜怕转②春莺。

牵魂化露三生泪，泣血成波两地情。

世广难求同患难，林深不见共鸣嘤③。

烟云尽处黄泉路，月影流光过五更。

注释：

①长亭：十里一长亭，五里一短亭，均为离别之意。

②啭（zhuàn）：鸟婉转地鸣叫。

③嘤（yīng）：形容鸟叫或低而细微的声音，喻志趣相投的朋友。

# 登高思乡

长风送我去乡关，未了痴心遂愿难。

树上黄莺啼旧梦，怀中碧涧涨新澜①。

几池春水山腰绿，一座空亭岭顶丹。

入眼青峰浮雾里，云涯望断向谁边？

注释：

①澜：本义大波浪，此处指内心的波动。

# 夜梦寄游子

无眠孤坐望层霄，久隔银河苦寂寥。

昨夜琴声依旧韵，今朝脑海涨新潮。

张帆欲去香江远，寄梦难翻蜀岭高。

若得三生无憾事，婵娟①飞渡共清宵。

注释：
①婵娟：明月。

# 惊梦起思校事

梦断琴弦起五更，流年欲计总无凭。

入山不觉歧途险，下海方知叠浪惊。

心路风涛三万里，世间雾幛一千层。

蓝天湛湛①终须待，几树黄鹂唤晓晴。

注释：
①湛湛：厚重的样子。蓝天湛湛：湛蓝的天空，比喻公平、正义。

# 飞西安机上吟

越过千山掠万江，蓝天浩瀚任徜徉。

近观脚下高低雾，远望心中小大洋。

世事苍黄①弹指变，人生黑白转眸忘。

但留三寸洪荒地，且把恩仇弃渺茫。

注释：

①苍黄：比喻事物变化反复。

# 暮游山

暮霭扶持老朽翁①，披襟弃杖向云峰。

幽篁万仞危巅上，恶棘三分瘠谷中。

雾涌滔滔来似浪，溪流滚滚去如龙。

若无若有箫声细，阵阵禅音送晚钟。

注释：

①老朽翁：老年人。

# 重游萍漂地

春满杜公①茅草堂，武侯②翠柏接晴光。

依依柳舞江流瘦，恰恰莺啼雨送香。

老客犹揣他日梦，蓉城③却卸旧时妆。

人生劫难非生死，只在征程短与长。

后记：

20 世纪 60 年代，年少孤苦落魄的我，流浪于成都达五年之久，今每临此地，总是五味杂陈。

注释：

①杜公：杜甫，曾在成都筑草堂居住。

②武侯：指诸葛亮，成都有武侯祠。

③蓉城：指成都。

# 不屈松

根钻石隙自葱茏，铁骨铮铮立险峰。

夏顶风雷三万丈，冬披雪雾九千重。

热心招得延年鹤，冷眼旁观饮涧虹①。

任尔炎凉随甲子，由他逝水②向西东。

注释：

①饮涧虹：《梦溪笔谈》之卷二十一："世传虹能入溪涧饮水，信然……，是时新雨霁，见虹下帐前涧中……"诗中指世间奇景。

②逝水：一去不返的流水，比喻流逝的光阴。

# 江干即景赠人

轻歌曼舞不轻狂，笑对喧嚣①自主张。

碧水粼粼漂月浪，粉腮扑扑漾春光。

良宵入醉何须酒，绮梦②萦怀尚有香。

但得来年端午夜，南山把臂咏流觞。

注释：

①喧嚣：指声音大而嘈杂、吵闹之意。这里指喧嚣的环境。

②绮梦：绮丽的梦，即美梦，多彩的梦。瞿秋白《乱弹·代序》：昆曲的轻歌曼舞的绮梦。

# 山乡晨望

披星踏露上山梁，为撷①晨曦向八荒②。

碧水澄清天一色，飞花姹紫雾同香。

莺啼翠霭③溪流韵，树戴红霞岭泛光。

自在峰巅望四野④，欲生双翼任翱翔。

注释：
①撷（xié）：摘下，取下。
②八荒：天下。
③霭（ǎi）：云气，烟雾。
④四野：四方的原野，在此处同"八荒"，指天下。

# 重　逢①

六十年前各死生，重逢痛哭动云旌②。

沱江滚滚伤心泪，岭树凄凄落魄莺。

漫③怨腥风驱旧雨，犹哀血剑辟新城。

休将梦魇④从头叙，但把金樽⑤洗别情。

注释：

①题解：一九五〇年，姐弟孤苦失散久矣，幸得重逢，得一律。

②云旌（jīng）：像旗帜一样迎风飘动的云。

③漫：全，都。

④梦魇（yǎn）：指噩梦，也比喻非常可怕的事。此处指姐弟孤苦失散之事。

⑤樽（zūn）：盛酒的容器，酒杯，此处代指酒。

# 春　意

阳雀①催来朔气②消，山南水北起香潮。

晴光万里柔风送，绿意千川暖雨浇。

靓女③轻歌邀蝶舞，清溪浅浪共花摇。

流莺唤得人多梦，缕缕相思寄笛箫。

注释：

①阳雀：杜鹃鸟的别名。

②朔（shuò）气：凛冽的北风。

③靓（liàng）女：漂亮的女子。

# 为邛海①卧波古树题照

一株古树啸苍穹，惯看冰霜冷热风。

野骛②喧嚣金霭里，虬枝③静卧碧波中。

如琼落日悬林杪④，似水流年逐浪峰。

休叹凄凉多困顿，傲然笑对夕阳红。

注释：
①邛（qióng）海：位于四川省凉山彝族自治州西昌市。
②骛（wù）：鸭子。
③虬（qiú）枝：盘屈的树枝。
④林杪（miǎo）：树梢，林外。

# 病中忆

孤身卧榻①忆流年，幸夺千峰闯万滩。

雨骤风狂人避后，将偏兵寡②我争先。

莫悲枯木黄多病，但喜新苗绿满川。

知己何劳酬③苦累，心装大爱势无边。

注释：

①榻：矮床，泛指床。

②寡：少。

③酬：慰问。

# 流　星

风流①自在九重天，别母辞家②去不还。

是破层云潜大海，或穿淡月下高山。

拼遭晦暗③千年劫④，愿化光明一缕烟。

莫叹牺牲无价值，焚身换得叟童⑤欢。

注释：

①风流：风采特异。

②辞家：离开家。

③晦暗：昏暗阴沉的，无光的。与对句中的"光明"
形成对比。

④劫：灾难。

⑤叟童：指老人与孩子。叟，年老的男子。

# 赏春寄人

小雷轻过动云旌①，芳草抽芽水渐盈②。

多谢东风吹谷雨，更蒙朗月送清明。

山花似瀑崖边赏，鸟语如歌雾里听。

眷恋层层犹剥笋，唯留剔透③一壶冰。

注释：

①云旌：像旗帜一样迎风飘动的云。

②盈：盛满，充满。

③剔透：明澈通透。

# 除夕赠学校全体教师

金猴遁①去了无痕，轻似苍烟幻若云。

白发添来粮五斗，青春换得额千纹。

心磨老茧增三寸，眼盼新苗长一分。

喜看天涯桃李艳，黑甜乡②里也欢欣。

注释：

①遁（dùn）：逃走，逃避。

②黑甜乡：宋代苏轼《发广州》诗："朝市日已远，此生良自如。三杯软饱后，一枕黑甜余。"自注："俗谓睡为黑甜。"后以此典指酣睡、梦乡等。

# 清明节坟前奠养母

趱①风驱雨过清明，天泪不来人泪倾。

我盼泉台②春岭绿，娘忧尘世夏江横。

阴阳两隔通联道，早晚千呼梦寐情。

但以吟哦为哭唤，群山四和共悲声。

注释：

①趱（zǎn）：赶（路）；快走（多见于早期白话）。

②泉台：墓穴，这里指阴间，与对句的"尘世"相对。

# 吉林与姐团聚夜有感

一轮花甲①付云烟，斗转星移去不还。

黔②水无风生激浪，白山有雨蔽蓝天。

迢迢③万里冰霜路，漫漫千朝苦难篇。

玉盏晶莹皆是泪，今宵缺月喜重圆。

注释：

①花甲：旧时用天干和地支相互配合作为纪年，六十年为一花甲，亦称一个甲子。花，形容干支名号错综参差。

②黔（qián）：黑色。

③迢迢：形容遥远。

# 心路（外一首）

## （一）

弯弯曲曲向天涯，穿越膏腴①与瘠沙。

斩棘争来三寸地，辟荒②夺得一寻崖。

途中储蓄诗书画，雨里相逢你我他。

任尔崎岖风雪重，初心过处便开花。

注释：
①膏腴（gāo yú）：肥沃。
②辟荒：开荒。

## （二）

山巅似剑插云旌，久绕歧途哭去程。

坎坷天梯连绝壁，迷糊雾帐困狂生。

眼帘竞放千霞艳，心底争流万涧清。

不畏羊肠终有路，险峰翻过一川平。

# 梦得颈联，醒上南山续成

登高仰望满天霞，壑谷林深几处蛙。

涧涧奔腾清浊浪，峰峰怒放紫红花。

山河总吐松梅竹，岁月常吞你我他。

纵是星辰终暗淡，茫茫浩宇永无涯。

# 游子吟

萍踪①浪迹向何方，望断烟霞路渺茫。

剩饭残羹无半口，寒风冷泪有千行。

厕灯伴读风中雪，童梦流连桥底床。

自诩②天生非鷃雀③，云空万里任翱翔。

注释：

①萍踪：像浮萍那样漂泊不定的行踪。

②自诩（xǔ）：自称，自夸。

③鷃（yàn）雀：小鸟名，鹑的一种，也称斥鷃、尺鷃。
弱小不能远飞，为麦收时候的鸟。

# 闲坐听美蛙声

凉风习习向云旌①，仰望飞霞送雁行。

独傍疏篱②高蔓架，闲吟小令好心情。

绿浓景漏斑斑影，池浅荷摇细细声。

最厌蛙歌洋曲调，迁来东土不更名。

注释：

①云旌：像旗帜一样迎风飘动的云。

②疏篱：稀稀落落的篱笆。

# 无月夜山行

惯于涉险上嵌岩，老叟敢穿原始林。

叶浪滔滔云漫漫，风涛阵阵夜沉沉。

如蛇道里人行少，似带溪中水漾深。

休怨前方无路径，襟怀就是指南针。

后记：

有感于民办教育之艰难。

# 季春登高遣怀

踏露披岚越陡坡，挥刀斩去乱心魔。

花枝得意迎风舞，烈士抒怀对月歌。

探路偏逢惊险道，行舟总遇暗流河。

人生可贵常拼斗，懒问盈亏有几何？

# 塞北绿化

## ——看电视纪录片有感

炎黄自古出英豪，逐日追星有妙招。

个个深坑栽小树，茫茫戈壁涨狂涛。

风吹石走神犹惧，狼窜虎奔人不逃。

绿浪驱除黄浪尽，江南塞北竞低高。

# 山村人家

云雾村中一两家，南边松竹北梅花。

风香阵阵穿青岭，涧碧嘻嘻笑彩霞。

箫韵迟来车笛近，月牙早露日西斜。

孩童戏闹庭前地，大叫爹爹小叫妈。

# 山中云

潇潇洒洒向天涯，散淡悠闲处处家。

缭绕峰巅攀大树，盘桓壑谷下悬崖。

升沉任我游清涧，早晚随心戏彩霞。

但往深山寻自在，谁来闹市挣荣华？

# 闷热天遐想

炎凉谁使各分离？我欲将他弄整齐。

留住晴云揉作雨，抓来湿气化成溪。

清波滚滚奔荒漠，戈壁茫茫换黑泥。

借得天兵三万甲，强驱旱涝去东西。

# 沱江某废码头即景谏同仁

重游故地长荒凉，只见波涛卷怆伤①。

江浪犹流新雪水，码头非是旧风光。

苔生石乱蒿藏鼠，岸塌房倾港走獐。

莫为抛丢添怨气，丛林法则择优良。

注释：
①怆伤：悲伤。

# 为假专家写真

专家学者叠云旌，寻觅大师如晓星。

论著千编多假货，文凭一纸是虚名。

衣冠炫炫人神赞，学识空空鬼怪惊！

自古贤愚谁判定，问天问地不吱声。

# 夜思京中诗家

新冠竖子①起喧嚣，转瞬晴空涌毒涛。

冀②北封城君选韵，城南锁校我浇苗。

撕张夜幕书思念，托片朝霞寄羽毛。

指日妖氛绥靖③尽，入京煮酒慰诗豪④。

注释：

①竖子：小子，对人的蔑称。

②冀：河北省的简称。

③绥靖（suí jìng）：安抚平定。

④诗豪：指题目中的"诗家"，作者的诗友。

# 夜书《自传》遣怀

萍踪①万里任崎岖，昔日陈封莫久嘘。

掷笔三番心已碎，仰天万问气难疏②。

辛酸泪叠千张纸，苦难情成几卷书。

遭谴何须长抱恨，蹉跎③铸得一狂夫。

注释：
①萍踪：像浮萍一样漂泊不定的踪迹。
②疏：疏通，使顺畅。
③蹉跎（cuō tuó）：光阴白白地过去。

# 春泛江村

三峰背列碧波横，入眼青畴①夕照明。

岭上霞光飞秀色，村头锣鼓赶歌声。

岸花点缀江花灿，山鸟兼随水鸟鸣。

八十翁姑多雅趣，唐装摩托逛新城。

注释：
①青畴（qīng chóu）：绿色的田野。

# 江村秋吟

农家犹喜最忙时，稻涌田原鱼满池。

千岭朝阳千岭笑，一园红橘一园诗。

黄芦醉舞狼牙棒，碧浪轻摇凤羽衣。

莫说浮光成掠影，应将此景蓄相思。

初作于 2014 年 9 月，定稿于 2015 年 2 月 24 日

# 蛙 醒

迷蒙睡梦震雷惊，一望山河入眼青。

拂拂轻吹天地换，涓涓初涨涧溪澄。

不闻牛犊哞哞叫，却见农机突突耕。

莫怨今年苏醒晚，早春田里夺先声。

2015 年 3 月 7 日

# 抗　旱

碧霄日日耀朱炎，不见春膏①下九玄②。

朗朗乾坤无湿气，茫茫巴蜀满焦原。

寻擒旱魃应枭首，拿问苍冥敢卸肩。

觅得天山千涧水，浇来五彩色斑斓。

注释：
①春膏：膏，油，脂肪。民谚云：春雨贵如油。
②九玄：天空最高处。

# 山乡日暮

纤云不染蔚蓝天，笛韵箫声响万峦。

羊啃斜阳霞带笑，柳垂溪浪鸟啼喧。

红桃树下青青草，绿竹垣中袅袅烟。

更有心花开旷野，谁疑身在武陵源。

# 雪泥鸿爪（五首）

序：乡文技校始建时，由于原因种种，未建好就停工。而我们师生则在这教室无门窗、无电、无水、无厕所、无食堂的地方上课；更为甚者，门外一个大垃圾场，又脏又臭，蚊蝇乱飞，乱草荒林，鼠蛇乱窜。至今回首往事，仍令人嘘唏不已。

## （一）荒山孤烟

一幢孤楼百丈岩，李桃寥落向浮岚。

风腥气臭蚊蝇地，石乱林深蛇鼠园。

利剑屠龙朝浩海，雄心打虎上荒山。

拼将炽热殷殷血，换取星星火燎<sup>①</sup>原。

## （二）烂尾楼之灾

新楼未竣顶难封，长岭悠扬上课钟。

隙缝无遮连夜雨，门窗虚设满堂风。

阴阴似豆油灯暗，剪剪如刀朔气浓。

秋水望穿春尚远，寒林满眼向三冬。

## （三）缺水之困

今日芊芊岭吐香，当初困厄众儿郎。

天天缺水蒸黄饭，顿顿无柴做淡汤。

脚踏高低登险峻，肩挑深浅走匆忙。

初心岂惧谣如虎，浊气清芳自短长。

后记：

其时山高缺水，用水全在山下五里外去挑。山高路险且远，水质劣，故所蒸之饭上蒙有一层黄垢。

## （四）无厕所

当初堪笑无茅厕，愧我衣冠似兽形。

长辫梯间排臭矢②，短头崖穴望苍冥。

风吹四野天除浊，土掩三锄地葬腥。

为吉尼斯添趣事，莘莘学子苦行僧。

## （五）馨香满园

敢下汪洋破万难，漩涡冲过向礁滩。

书峰叠叠勤为径，学海茫茫乐做帆。

休道行航忧早晚，犹须破浪辨危安。

春风四度吹花艳，李硕桃香满校园。

后记：
此校历经四载，创下全县中考两联冠之奇迹。
注释：
①燎：古仄今平。
②矢：通假字，通屎。

# 生日自题

久在江湖觉悟迟，藏丘隐壑一狂痴。

骨中徒有松梅气，身段偏无杨柳姿。

皓皓霜欺山野瘦，巍巍石屹影形奇。

浮云荡尽襟怀敞，坐月披风向玉池①。

注释：

①玉池：仙池。见许浑《再游姑苏芙蓉观》"玉池露冷芙蓉浅"。

# 某些专家

自诩奇葩格外香，多年辛苦不寻常。

但求引进洋龙虎，岂料招来假凤凰。

未近天心成鬼怪，难符民意是糟糠。

象牙塔里无良药，应向林泉觅妙方。

2015 年 4 月 8 日

# 与诸诗友酌叙

南山翠蔼拥华堂，邀得群贤共举觞。

浊酒催来言语杂，清风拂过艾蒲香。

批天怨地乾坤小，论古谈今日月长。

渐入沉醺还激烈，误将此处认高阳。

# 登高抒怀

冬日何来景色幽，蹒跚偏上险峰头。

寒林漠漠流浓雾，碧涧淙淙向浅丘。

白首应寻山水乐，丹心却为劣顽忧。

疏狂也有凌云志，愿得芝兰遍九州。

# 再宿农校旧址

陈年往事压云台，苦难掀天不自哀。

且让林风穿梦过，听凭月水破窗来。

悲伤早付三江浪，快乐迟临八斗才。

漫道胯夫无壮志，挥椽巨笔大情怀。

后记：

宿农校，月色破窗，晚风吹梦。思当年艰苦劳累非常，然自由自在，无忧无虑，状如山人。忆此且喜且悲，慨然咏之。

# 暮望金佛山

远眺氤氲①紫气腾，佛形禅意自天成。

参差绝壁青黄石，错落菁丛绛白英。

路险常闻人去岭，林深少见寺来僧。

金光隐隐谁亲见，暮鼓晨钟有几声？

注释：
①氤氲（yīn yūn）：烟气、烟云弥漫的样子。

# 竹

春夏秋冬笑暑寒，平畴高岭绿依然。

不因沃土嫌贫瘠，犹以风姿向缺圆。

有节坚贞经黑雾，虚心吐纳对流言。

千难万险寻常事，死死生生报世间。

# 感　事

盖地铺天是与非，互联网上系安危。

休言事世炎凉味，且就山蔬冷淡杯。

一树心花随烂漫，三天雨雾任纷霏。

阴晴自在乾坤里，任尔蚊蝇瞎乱飞。

后记：
有人利用网络造谣污我女生群殴，有感而作！

# 咏南山顶古树

夜镇青峰昼守天，阴晴不惧屹云端。

荣凋自任经千劫，冷暖听凭越万年。

莫管高低随日月，闲观上下散岚烟。

风雷岂撼根深浅，笑叹兴衰绿水间。

# 从教四十周年述志

驽马奔驰四十秋，风欺雪压小圆头。

长箫不奏凄凉调，碧海难行谄媚舟。

总把真情昭日月，直将假意弃渠沟。

扪心自省门墙事，众骥扬蹄向五洲。

# 望远思姐

登高夜眺泪千行，弹打鹰飞去哪方？

皓月凄凄风飒飒，云山叠叠水茫茫。

黔南不见连根影，辽北偏逢折柳庄。

六十余年程万里，望穿双眼断愁肠。

题解：

自幼与姐离散，屡寻人而不得音讯。昨晨六时贵阳陈姓师傅电告姐淑君健在。夜登山远眺，归不眠，忆近年寻亲之艰辛赋得七律两首。

# 中国梦

漫道唐尧盛世标，且驱后浪过前涛。

风生五岳腾飞曲，水涌三江改革潮。

犹喜潜龙游海阔，更惊探月试天高。

中华崛起康庄道，一路弦歌引自豪。

# 生日感言

匆匆岁月去何方？不见行踪自短长。

荒地勤耕成熟地，异乡久住变家乡。

风梳雾散霞流彩，鸟唤花来水淌香。

莫怨人生多炼狱，心宽处处是天堂。

# 冬晨登山抒所见

独在南山最上头，浩茫混沌送金秋。

弥天罩地千重雾，入眼悬空一尺楼。

鸟咽灰霾呼吸紧，车淹白嶂往来愁。

安能仗剑清寰宇，红日青霄沐绿畴。

# 除夕夜寄人

金猴奔过唤重明①，回放经年路几程。

打虎层层掀巨浪，除魔阵阵发宏声。

引擎依旧车难快，泡沫翻新水渐清。

浊酒三杯肴两味，趋新常态笑亏盈。

注释：
①重明：古时鸡之别名。

# 看某报道遐想

洋洋淑气向云垓，绿意欣欣任剪裁。

一片霜风谁逐去，三江雪浪众邀来。

花开万岭新寰宇，月照千家大舞台。

四序焉能由自在，社情民意巧安排。

# 送别杨志学、袁志敏

一抹红晕落碧川，疏林摇曳水戋戋①。

三声别笛晨曦里，几点归鸦暮霭边。

冀北新鹏情切切，城南老骥意绵绵。

长亭不忍抬眸望，万道雄关接九天。

注释：
①戋戋：浅少。

# 赠　友

凡人何必问穷通，物种衍生天地功。

汩汩清泉流石下，茫茫白雾漫山中。

千般浩气随心远，万里晴川入眼雄。

长啸登楼寰宇小，拍栏高唱大江东。

# 遣怀寄人

童心似雪梦如虹，自诩鹏飞越九重。

也欲凌云翔海北，曾经破雾过山东。

寸丹难以酬知己，雅韵安能建事功。

休说豪情随浪逝，栽桃育李自英雄。

# 夜宿无名山感怀

古稀力弱喜登高，不惧峰回峻岭遥。

难得清风成一梦，可怜①混沌过千朝。

爬山最怕迷歧路，涉水偏逢涨怒潮。

怀抱莺歌明月醉，且将俗念付云霄。

注释：

①可怜：此处是可爱之意。

# 立 冬

几夜萧萧下九垓，但将冷暖入羁怀。

飘飖雾卷黄花去，凛冽风迎白雪来，

人海喧嚣归翳景①，玉霄②静谧蕴兰台③。

裘衣锦被谁知苦，不识饥寒事可哀。

注释：

①翳景：遮没日月的光辉。

②玉霄：天界，神仙居住之地。

③兰台：即兰台风，凉爽舒适的风。典出宋玉《风赋》。

# 登重龙山述怀

青峰剑立破天池，碧水奔腾泻野陂。

且以山河当笔墨，聊将善恶赋诗词。

趋庭不为谋金印，设帐谁忧染白丝。

俯仰灵台清似雪，耕耘丰歉总无亏。

# 登高遣怀寄沪上

已在青峰最上头，凭栏远眺四周秋。

黄花曲径深难见，瘦柳长溪浅不流。

岭峻吾应知进退，礁多君或解沉浮。

幽篁①皓月三杯酒，忍剪痴心向下游？

注释：

①幽篁（yōu huáng）：幽深又茂密的竹林。

# 遣怀复友人

万里狂潮定海针，任凭凶险自浮沉。

涛声依旧来天地，胆气常新论古今。

我有高歌吟早晚，人无绮梦度晴阴。

一生不得登云岭，枉到凡间试浅深。

# 上班途中述怀

笃定终身不得闲，来如走马返如川①。

青春未搏浮名地，白发谁攻实利天。

梦想南山生笋后，心飞北海去鹏前。

拼将血汗浇荒野，桃夭李灿向万峦。

注释：
①川：河，此处指流水。

# 立夏日寄人

蜂飞蝶舞送三春，风卷银波过五津。

几度红黄凝瘦骨，一川青翠涨肥榛。

莫因来去成悲喜，休以炎凉论旧新。

若要今生无憾事，初衷不忘赎前因。

# 写《自传》（中册）有感

舀得当初泪几瓢，研磨骨髓润羊毫。

扪心灭去恩仇事，带血书来喜怒潮。

散落青春随骇浪，升沉绮梦卷狂飙。

流金岁月无寻处，纸上江湖走巨蛟。

# 雾晨登山遣怀寄理事会诸君

只身拼力上云旌，四顾茫茫望断程。

雾漫千峰天下暗，花开一朵眼前明。

浮光掠过心风动，热血流来胆气横。

弯道超车应谨慎，休凭快慢定输赢。

# 遣兴寄友人

今生自许上云陔，岂料粗顽是死灰。

双向霞云多往返，单行河道绝来回。

搓揉短秒成长梦，撰写繁文绽小梅。

漫道斜阳余热少，堪珍重骨化花肥。

# 夜半书愤

早岁安知路不平，豪情自在上云旌。

天梯万丈心如铁，雾海千重命似霙①。

五岳高峰虽有意，一生绮梦总无凭。

披霜履雪松涛里，明月长歌伴远行。

注释：
①霙（yīng）：雪花。

# 白露夜寄人

艰难累累上云旌，甘苦无形泪有声。

远去人心深似海，近来世态冷如冰。

飞花坠韵流溪瘦，奔月横空旅雁惊。

露白今宵诗侣少，但邀椽笔共鸣嘤。

# 中秋夜寄台湾亲友

一寸西风万丈凉，更兼阴雨夜登场①。

团圆月影埋云帐，拆裂亲情刮骨伤。

海大犹流龙脉血，山高岂挡日光芒。

凝眸总向东南望，共盼归来好主张。

注释：

①场：今仄声古平声。

# 寄渝州女友

春埋憾种发秋天，难死柔芽五十年。

菊已凋时香未了，心将到处梦偏残。

寻芳枕湿温情泪，落魄诗吟冷雨篇。

莫怨遥迢音讯少，灵犀一点岂多言。

# 宿山寺即景有感

晨钟暮鼓出云霄，雨雾轻岚慰寂寥。

寺立青峰三面险，崖悬古树一江遥。

邀来佛意除流俗，洗去尘心逐迅飙①。

沉醉莺啼明月夜，风掀竹海涨诗潮。

注释：
①迅飙：疾风、暴风。

# 山 菊

风驱朔气向云陔，冷雨潇潇扑面来。

雁绝南天愁雾幛，心忧北漠遇冰灾，

群英早被严霜误，野菊偏朝冻雪开。

唯尔馨香无傲气，根深贫瘠不需栽。

# 冬 意

天挂低峰压四陲，寒凝大地色如灰。

任凭白雪飞难禁，谁信东风唤不回？

自在心中存淑气，于无声处走惊雷。

悬崖百丈冰融水，滚滚春潮送俏梅。

# 暮访故人

入眼灰岚漫小村，鸡鸣鸭叫进柴门。

归莺别调离人泪，落照依山恋梦魂。

日历翻新流岁月，浪涛仍旧送乾坤。

休因老迈生伤感，明月清风向晓昏。

# 暮秋遣怀

漫天烟雨总迷茫，草木萧疏冷大荒。

叶渐飘零溪渐浅，山犹癯①瘦路犹长。

入帘秋色枫如火，落魄游人梦似霜。

莫为西风嗟索寞，还须望远弃彷徨②。

注释：

①癯（qú）：瘦，亦作"瘦臞"。

②彷徨：走来走去，犹豫不决，不知往哪个方向去。

# 老 马

鬃飞蹄奋欲腾空，破雾撕云追飓风。

觅食麸皮难得见，登程歧路总相逢。

豪情尽付朝阳里，老骨长嘶暮霭中。

莫谓残躯忧久病，沙场万里敢冲锋。

# 一带一路

丝丝缕缕梦魂牵，漠漠黄沙向九天。

根植神州方寸地，气吞亘古万千年。

雄心漫卷三光①动，大义轻将四海连。

莫道他山无我石，五洲雨露总相关。

注释：

①三光：日、月、星合谓三光。

## 谏某受挫者

莫叹围城不自由，心扉久闭困山头。

千重雾冷三江阔，百丈崖危寸步忧。

历尽崎岖登绝顶，劈开浩渺荡方舟。

为君吹响冲锋号，跃马横刀立激流。

## 晴暮感怀

半天暗淡半天明，古树摇枝唤晚莺。

几抹红霞辞白日，一轮银月望长庚。

高峰深壑浮岚薄，短涧长溪走浪清。

动地歌吟招绮梦，江山万里入心旌。

# 暮春晨望遣怀

天镜云飞万里光，举眸四野向苍茫。

江流七彩蓬莱远，岳拥三巴栈道长。

不让悲欢随绮梦，总将家国入诗行。

还留三道平戎策，助我儿孙逐虎狼。

# 草原即景

牧歌嘹亮出鞭梢，马疾声飞卷碧涛。

人爱江南多秀丽，我迷塞北少喧嚣。

天蓝似海浮云远，羊白如银涌浪高。

振羽冲风鹰四起，驱雷挟电破清霄。

# 开校前赠同仁

南山踽踽欲何求，漫漫长途无尽头。

万仞悬崖穿雾屹，千条深涧决堤流。

一人难撼高峰石，众手能撑大海舟。

莫畏茫茫前路险，滔天风浪任沉浮。

# 华东求贤

追星逐月到华东，杖化邓林夸父风。

几度无聊伤座冷，一番有意待花红。

峰高急盼巡山虎，浪激犹期镇海龙。

但得骅骝奔万里，桃夭李艳笑南中。

# 秋登黄陂双峰山

双峰似戟立云端，小径羊肠几万盘。

莽莽霜林垂绝壁，清清细瀑挂层峦。

如棋世事招招险，苦水流年步步难。

识得攀缘行陡峭，方知敬地畏苍天。

# 赋　秋

秋声瑟瑟动寒云，雁叫长空响又沉。

满眼黄花依矮栅，半山残叶向疏林。

已无唤雨回春力，偏有闲庭信步心。

为看苍松明月影，清宵啸咏上高岑。

# 答诗友问

风骚自古出狂痴，草木冰霜俱惹思。

积似微尘堆峻岭，流如涓滴汇深池。

心无去处愁声韵，情有来时动地诗。

月下花前些小事，油盐柴米细吟之。

# 烙　印

层层夜幕裹危岑，浪漫双莺入密林。

露重何忧毛羽湿，情浓岂惧草花深。

清宵共饮缸中蜜，白日分飞胆里针。

宫柳何须旁逸出，悲欢自在断弦琴。

# 寄台湾弟妹

血脉相连续汉家，一衣带水共烟霞。

虽曾孽火燎枝叶，却有深根续种芽。

大海狂潮夷搅浪，漫天黑雾蜮喷沙。

填平巨壑添肥壤，兄弟同栽强国花。

# 步往原农技校

沉吟往事向山垭，多少来回度岁华。

踏破新鞋迷旧路，抛开朽木笑瑶花。

人能吃苦真君子，佛只闻香大傻瓜。

浮雾流云飘荡尽，尘心不染看朝霞。

# 秋雨黄昏

浩渺长空北雁轻，金风似剪短香蘅。

蕉窗簌簌黄昏雨，岭木沙沙褐叶声。

漫道秋心伤晦景，犹怜古调唱流莺。

醇醪两盏邀明月，却在云深第九层。

# 浓荫渡前感事

忽生逸兴望闲云，步入浓荫往古津。

看柳成衰缘雨冷，思溪变瘦为秋湮。

世情厚薄随贫富，诗品高低论假真。

可叹当今吟咏客，谁能捧出一诚心？

# 春节闲步老水南街

挈子携妻过水南，无端触景忆从前。

石阶依旧斑斑绿，蓓蕾迎新朵朵妍。

几度沧桑人向老，一番风雨性偏安。

忍抛千丈愁和怨，只为青春难复原。

# 暴风雨后入山有感

入眼残红倚断柯，遗珠好似泪婆娑。

乌云尚恋西峰树，落日还依濑水波。

衣带渐宽人渐老，豪情偏少棘偏多。

但将暮气化朝气，一片霞光一曲歌。

# 游山感怀

伫立云山望四周，茫茫雾海荡沉浮。

抬头眼障三分暗，俯首心怀万丈愁。

苦水皆从悲里得，甘泉自在乐中流。

村夫岂解高天意，顾盼红霞满绿畴。

# 看某节目后

夜夜高歌唱不休，交杯换盏醉红楼。

黄金灿灿流洋域，黑发飘飘去美欧。

莫用虚文遮实景，休将空论压浮舟。

不知海浪喧嚣甚，谁解喷沙毒雾稠？

# 踏《涛声依旧》起舞

曾经好梦旧年华，今夜涛声忆落花。

握住声音甜似蜜，钩来往事乱如麻。

枝枝斑竹涔涔泪，寸寸痴心灿灿霞。

来世犹须先约定，灵犀岂怕远天涯。

# 雨后独步得句

可恼天公伴作痴，惊风黑雾雨淋漓。

闭门十日无佳句，迈步三寻有好诗。

根本深藏于市井，源泉浅出自山池。

阳春和寡卿云少，下里巴人是我师。

# 梦回昔日恋情

一梦飙车返少年，风光旖旎隐辛酸。

青春有意情如火，白水无心浪似山。

诗少温柔谁递讯，世多冷漠我焚笺。

时时搭箭终难射，空望花开唤枉然。

# 雨雾中登重龙山

迷蒙烟雨莽苍苍，雾帐层层锁大江。

俯首难明三尺地，抬头不见一丝光。

心宽胜过天辽阔，志远强于路漫长。

莫怨前程千嶂暗，胸藏日月自辉煌。

# 登山寄人

我携明月共登高，不畏蹒跚去路遥。

暂借深山消寂寞，犹偷碧涧洗喧嚣。

松梅渐惯云岚味，岁月徐挥雨雪刀。

一任清风吹冷暖，泥炉煮酒醉林涛。

# 读《山海经》咏精卫

林生柘木发鸠山，鸟奋长呼枉死冤。

破浪乘风三万里，衔枝投石五千年。

不求魂魄将仇报，愿舍身心把海填。

即使波涛终浩瀚，无关成败只关天。

# 山乡春景

远远传来若小雷，铁牛突突拱新泥。

微酣嫩绿犹千里，沉醉柔红又几枝？

嘎嘎鱼鹰憨戏水，喃喃乳燕巧吟诗。

山溪渐胖勤长跑，一路观光蒙太奇。

# 鲲　鹏

## ——病中寄友人文永昌

一翅扶摇往九重，背天瞰地起飙风。

啼声破雨穿银雾，羽气排云动碧空。

我自逍遥游海北，他偏忐忑下檐东。

奋飞向使沧溟死，纵赴黄泉鬼亦雄。

# 南山赞

造化无穷善用刀，风镌雨錾费辛劳。

峰青径曲千旋险，塔白溪澄一望遥。

莫道山深人过少，且看天远鸟飞高。

犹怜月戴轻纱夜，片片朦胧挂树梢。

# 车过大巴山即景

挺拔浑圆似乳峰，参差起伏不相同。

高穿薄雾凌云翠，浅坐悬溪气势雄。

万丈深渊桥上过，千寻古木峡中逢。

逸仙闲适凭窗望，但少瑶池酒一盅。

# 思　人

卅载参商别梦中，秋来最怕对归鸿。

娇声咫尺天涯远，思绪千寻壁垒雄。

总抚瑶琴伤濑水，常吟短韵怨梧桐。

者番有托长波约，可共三更望碧穹？

# 宿　怨

苏家镇对一江湾，浪缓沙凝筑巨滩。

血泪无情书小史，风云有意卷狂澜。

水晶崖望春秋去，磨子峰推日月还。

但得诗心坚似铁，野蔬冷酒伴年年。

# 舞后寄人

闪烁幽灯倩影摇，伊人秋水令魂销。

腮传鼻息香如酒，口吐莲花蜜胜桃。

舞韵犹新翻古意，歌声依旧卷心潮。

温馨握散三生怨，石上姓名谁乱标？

# 蓦回首

横空出世莽苍山，万壑千溪向险滩。

曲曲弯弯迷岔道，停停走走过雄关。

披襟自觉心犹壮，对镜方知鬓已斑。

休叹斜阳余热少，笑迎皓月上中天。

# 秋 逝

西风飒飒动云旌，朔气摇飞遍地英。

一涧清波含落日，几行鸿雁向归程。

红枫万树随霜尽，斑鬓千丝带雪生。

莫叹时光空老去，丹心依旧满豪情。

# 感言赠人

五更凛冽去安安①，纬转经回日渐暄。

几点黄芽才吐嫩，一枝红蕾欲争鲜。

诗云鸭觉冬春早，我说人知冷暖先。

股市熊熊君不见，象牙塔里自悠闲。

注释：
①安安：温和貌。

# 题赠郑海燕、梁欣、蒋敏

滔滔巨浪向汪洋，五岭雄姿傲八荒。

水阔全凭涓滴积，峰高自在粉尘镶。

狂风可卷涛千叠，润雨能添土一方。

亘古沉浮无助力，由来壮大出顽强。

# 古稀吟

谢却红花老了苔，滔滔逝水任删裁。

年刀但割青春去，日剑偏挑白发来。

幸得豪情长把握，岂容暮气短安排。

乱云飞渡苍松劲，喜对朝阳笑对霾。

# 歌乐山集中营赞江姐

自把蹲牢当养身，洪炉百炼出真金。

钢牙岂认无名罪，铁骨谁虚硬竹针。

雾黑沉沉压鬼窟，梅红朵朵照丹心。

狂飙卷起忠贞血，洒遍江天写古今。

# 再到贵阳探淑筠姐

云崖望断路茫茫，蓬转萍飘散八方。

赤水奔腾流苦难，白山①阻断梦凄凉。

每逢春节忧人缺，月到中秋怨夜长。

好在悲离终化蝶，红霞灿烂过重阳。

注释：
①白山：长白山，大姐儒筠在吉林。

# 七夕赠妻

情浓岂用交杯酒，雨雪风霜共一舟。

逆水江中惊补漏，顺风岭上乐忘忧。

囊羞有意添脂粉，衣破无钱买酱油。

白发红颜偕老矣，年年七夕拜银钩。

# 除夕夜赠刘庆霖

锦官新雨浣花红，挥手无言两眼蒙。

往事抛锚停碧海，诗心振羽过苍穹。

君提皓月行天下，我驾长车困蜀中。

任尔狂飙三万里，风霜与共两株松。

# 寒窗吟

潇潇雨过绝鸣蝉，朔气嗖嗖肃杀天。

砚冻难开愁仿帖，风寒易病懒登山。

为知玉叶枯扉外，聊把银根孕梦边。

待到来年阳气动，月明蕉绿到窗前。

# 旅途中

迢递征程草莽间，才攀绝壁又临渊。

花开易辨香和臭，隘险难知祸与安。

曲曲羊肠翻万岭，滔滔海浪过千帆。

回头细看来时路，月朗星疏别有天。

# 三峡大坝坛子峰眺望

拦腰一坝镇长川，高峡平湖曾预言。

神女登峰舒广袖，凡夫驻足叹奇观。

船爬五闸通巴楚，浪起千寻奔赵燕。

旱魃洪魔听调遣，清波倒影舜尧天。

# 清明节有感

民俗①清明已变迁，坟头谁见化冥钱。

名车电器随风烬，英镑娇娃伴火燃。

除旧迟来尘世上，创新早到鬼门前。

号啕泪后谁曾料，墓里冷嘲人可怜。

注释：
①俗：平水韵入声沃部。

# 山乡仲春

二月城中雾笼沙，乡村日暖种苫瓜。

溪流乱石清波浅，犬吠生人小径斜①。

杂树高低添野趣，山花浓淡映朝霞。

车潮楼浪徒豪气，怎敌春偏旷野家。

注释：

①斜：旧读斜 xiá。

# 春 闹

杨柳风吹杏雨天，濑溪碧透岭飞烟。

几声啼鸟催勤读，三盏烹茶助漫谈。

生死悠悠归大道，功名淡淡驻童颜。

安期不羡篯铿①寿，醉里逍遥海浪前。

注释：

①篯铿：古之长寿者，世本云其寿 800 岁，或说为彭祖，或说为老子。

# 秦始皇

板荡山河一望收，干戈寥落烬诸侯。

焚书短见人言罪，缚敌长缨自作囚。

只想冠袍①传万代②，谁知雨露断三秋②。

狼烟四起山东乱，顷刻咸阳改姓刘。

2014 年 5 月 6 日于西安

注释：
①冠袍：皇冠蟒袍。
②万代、三秋：均为泛指。万代，长久；三秋，短暂。

# 和叶宝林

遥羡终南破草庐，江湖浪恶苦沉浮。

天生俊杰天先谴，梦有荣华梦后枯。

击剑长歌悲易水，登高短叹怨歧途。

谪仙只为诗名累，怎敌哥奴①不识书。

后记：

叶宝林曾和我《山居》，我再和其和诗一首。

注释：

①哥奴：李林甫小字歌奴，相传其不识字。

# 赴京途中夜半寄妻

常有悲凉扑入怀，只缘才聚又分开。

三更蝶梦随风去，一点灵犀伴雨来。

死别无非他日事，生离却是眼前哀。

劳劳岂配男儿状，切莫依依效小孩。

后记：5月4日归家，5月5日去西安，10日方回，16日又离家。

# 给某些佞人画像

楚楚衣冠乖巧人，慈眉善目赛观音。

逢悲也带三分笑，遇怒无言一座神。

鹰隼腾空藏利爪，虎狼捕食现凶身。

高山可量深渊底，谁个能知巧佞心？

# 沱江滨即景寄人

是非成败自灵台，莫怨人间处处乖①。

白浪无辜冲腐木，青山有幸育良材。

风干昨夜翻过去，雨润今朝向未来。

苦累全抛留乐趣，花香月朗且开怀。

注释：

①乖：乖张，相违背。

# 和孙霄兵①《春日》

青春欲舞少平台，弹铗②江湖事事哀。

命似途泥凭马践，身如柳絮任风裁。

当初自许屠龙手，今日方知摆渡才。

莫叹惊涛多险恶，登临彼岸笑颜开。

注释：

①孙霄兵：教育部政策法规司司长。

②弹铗（tán jiá）：铗，古入声今平声。比喻因处境困苦而有求于人。

# 草　根

雪压荒原润蔓根，悄然地下养精神。

无声岂是无能量，有力休言有丽春。

一夜东风驱朔气，千山死色换芳茵。

残冬荡尽花摇曳，又见莺歌岁月新。

# 劝某些家长

种在方圆盼早开，雷池难越旧棚台。

冬寒不向芳心去，春暖偏冲玉叶来。

只共膏腴培劣质，谁将雨雪炼良材。

野花日日争相放，如此风光哪个栽？

# 南山极顶遐想

登临极顶八荒明，北塔凌霄濑水清。

滚滚三江淘日月，巍巍五岳判晴阴。

鹰飞上下浮云白，涧绕高低过岭青。

莫道心明观万里，只缘身立最高层。

# 邀友醉宿资中无名峰

莫笑当今乏古风，呼朋吟啸上危峰。

流觞曲水传千韵，泼月清醪饮万盅。

沉醉豪情心不死，滞留绮梦理难容。

晓鸡三唤魂归窍，惊看青天走六龙①。

注释：

①六龙：指太阳。神话传说日神乘车，驾以六龙，羲和为御者。

# 东序劲松

岭上苍松敢自豪，乐披霜剑忍风刀。

沙贫水乏时时旱，叶茂根深寸寸高。

老干何忧天煞怒，稚茎不怕地魔嚎。

一轻生死无灾难，笑看汪洋涨退潮。

# 见鹰飞遐想

未曾喷气贯长虹，但有痴心向九重。

敢越汪洋千里浪，犹栖鹫岭①万寻峰。

贪泉拒饮宁吞露，碎石甘餐不逐风②。

老病谁伤毛骨瘦，清音一啸上云空。

注释：

①鹫岭：又叫鹫山，灵鹫山，在中印度。传说为佛说法之地。

②不逐风：不跟风，不追风。

# 忆昔寄朝蕖

记得当初起隙疑，皆缘伪信误真痴。

衷情滴血卿难度，心雨凝冰我自知。

澹澹清溪流绝望，依依断藕剩残丝。

倘能签得来生约，携手齐吟石烂词。

# 四友迎春

独步初春免俗尘，松迎梅送过晴阴。

馨香不惮冰封道，果毅何忧雪压林。

拒绝喧嚣磨静气，邀来苦难炼潜心。

云峰雾岭雄姿屹，谷底修篁更自矜。

立春日登山见岁寒三友作

# 新中国成立七十周年庆典观后

接力长征七十年，险峰抢过夺凶滩。

领航谁惮冰封道，探路何忧雪满天。

北斗冲霄王母笑，东风啸海敌心寒。

欢歌奋斗英雄事，十亿人民尽圣贤。

# 梦驾雾飞天，醒思校事

几番披雪裹寒风，撕破阴霾往九重。

可可①天梯浑雾锁，苍苍地户尚冰封。

霜须换得钧陶②事，鹤梦招来石席③功。

莫笑今朝身矮小，也曾登上最高峰。

注释：

①可可：形容词，模糊隐约之意。"九霄浑可可"见唐·元稹《春六十韵》。

②钧陶：用钧制陶罂，比喻造就人才。

③石席：语出《诗经》，我心匪石，不可转也；我心匪席，不可卷也。比喻意志坚定。

# 三省吾身（外一首）

## （一）

云山望断雾茫茫，勇闯雄关向大荒。

铁马扬蹄惊旷野，宝刀拆刃坠平冈。

迎风猎猎旌旗舞，对阵声声血土扬。

四十余年拼杀路，几分腥臭几分香。

（二）

几分腥臭几分香，休论山高与水长。

败叶飘飞随朔气，鲜花竞放任春光。

萋萋草送王孙远，漫漫途经岁月凉。

难得糊涂闲适乐，皆因绕指不成钢。

# 南山早春即景

却去寒云天地新，梅红渐褪草如茵。

迷蒙烟雨南山道，凛冽刀风濑水滨。

遥看千峰睁睡眼，近听群鸟颂阳春。

东风探问吾心事，留下温馨惠众人。

# 戊戌除夕夜

秒秒分分盼适闲，今年累过盼来年。

千谋了却千家愿，万虑拼来万垄甜。

老骥嘶鸣心望岳，雏鹰扑跃意飞天。

夕阳休怨余光短，喜看银辉已满川。

# 与郑西宁、陈雪、李联川、熊秀等老农校赏月

雅趣邀来酒气香，松涛竹影共张扬。

娇莺啼梦千家醉，皓月流波万里凉。

莽莽林衔天幕碧，澄澄色镀岭花黄。

今宵纵兴清歌发，直把金樽换大缸。

# 大寒日咏

不求上帝把人怜，任尔林凋数九天。

鬼纵阴风侵四野，魔将白雪覆千川。

冰峰妄困龙游海，雾幔难妨虎跃渊。

自扫灰霾驱戾气，彤彤旭日挂心田。

# 旅游抒所见

斩棘攀峰向大荒，闲游岂畏险途长。

茅檐早为高楼替，翠岭偏缘黑涧伤。

已绝炊烟升院落，更无牧笛送斜阳。

小桥流水喷泉雾，多谢工人技艺良。

# 深夜遣怀

飘摇风雨动心旌，似墨苍穹夜未明。

黑幕江湖张大网，青春岁月困长鲸。

抬头不见云涛散，入梦犹期凤鸟鸣。

振羽高飞霾雾破，任他恶论与嘉评。

# 遣怀寄人

谁信瑶宫不可攀，汪洋浩浩岂无边。

仰天长啸虽狂妄，俯首低吟却可怜。

人肯弯腰求五斗，我偏挥手拒千璇①。

独留一片苍松志，笑对炎凉难改颜！

注释：
①璇（xuán）：美玉。

# 古稀翁

片片乌云罩夕阳，柳烟萧韵绕山梁。

眼中冷暖心扉雪，海里风涛头顶霜。

七十浮萍漂恶水，八千明月照穷荒。

堪珍世上多磨难，一咏诗词总激昂。

# 闻杜鹃遣怀

水洗澄空日月悬，子规啼得绿芊芊。

口流碧血随春色，魂寄红花染杜鹃。

纵是登高须涉险，岂因畏难只求安。

飞飞若展凌云翅，滚滚波涛当墓田。

# 大年夜大实话

成堆假话似笙歌，越过高山蹚险河。

岁岁平安人见少，天天坎坷我经多。

萧萧冷雨摧衰草，瑟瑟西风逐逝波。

莫把雄心藏库底，却将美景任消磨。

# 老菜农

畦边俯看盼苗生，仰首长吁怨久晴。

夜梦秧肥瓜累累，晨观土渴气哼哼。

心筹过眼流霞散，沥血披肝老泪横。

自愧无钱才识浅，甘霖岂可下沟坪？

# 夜饮别友

莫畏歧途有峻岑，且将别绪付瑶琴。

千杯酒醉天涯路，一夜言倾草泽心。

险岭悬崖求进退，凶滩浊浪避浮沉。

闲来自咏江湖老，任尔霜晴与雪阴。

# 庚子元日卧病无眠忆旧偶吟

青春似水向长河，曲曲弯弯历险多。

雨困滇南经坎坷，萍飘蜀北任蹉跎。

昨宵尚在栖霞岭，今早偏来落凤坡。

自古人生难料定，心房扫净又如何？

# 心语寄人

若钩新月碧窗悬，筛得荧光满枕边。

似为相思涂绮丽，犹如彩线绣斑斓。

窃闻蕉语追幽梦，巧带心花绘帐帘。

剪得银辉明皓色，揉成玉粉为君颜。

# 赞《诗刊》青春花甲

六十春秋岭上松，历经磨难自从容。

根深只为膏泥厚，果硕应缘雨露丰。

黎庶鸿篇传地气，元勋椽笔续唐风。

韶华永共青山在，万叶千枝映日红。

# 连旬冷雨即景遐想

秃枝怯怯惧严冬，败叶蔫蔫卧雨中。

气冷连旬鱼不跃，泥粘串岭路难通。

人无妙策愁耕苦，我有奇招使鬼穷。

赶日驱寒邀暖意，心香万紫艳千红。

# 老年节有感

未曾虚度好时光，总把人生作战场。

热血凝成红羽纛①，冷霜锻就赤缨枪。

他悲易逝黄昏短，我爱轻挥白刃长。

老骥冲锋争片刻，何须梦里怨重阳。

注释：
①纛（dào）：古代军队里的大旗。

# 中秋寄人

青春树上几枝花，早变容颜化砾沙。

梦驭清风飞海角，心追碧浪去天涯。

林涛犹唱今朝曲，雪岭还披昔日霞。

莫向东流嗟逝水，权将耄耋认韶华。

# 为集团题

昔日纤纤稚嫩苗，难经雪虐与霜凋。

临秋萎叶愁风扫，入夏柔枝惧雨浇。

苦痛搓揉根渐壮，辛酸铸造气犹豪。

初心不改凌云志，合抱成林过九霄。

# 斥洋奴

几处昏鸦噪怆凉，正门不进学翻墙。

为人走狗心肝黑，钻桌寻残口舌香。

一顶虚衔虚业绩，三堆臭矢臭文章。

安能撼动撑天柱，任尔阴森咒骂娘。

题解：

有得美元而忘祖数典者，拾恶臭之秽，发卖国之声，实为可恶至极，天厌之！

# 初秋夜思

鱼渐肥时菊未黄，欣逢夜露透清凉。

千只鹤漫天飞远，万朵莲开水溢长。

拂月金风吹别调，经宵雁梦送还乡。

古稀难得双重度，但把分阴自主张。

# 深秋雾晨

状若波涛向八方，囊天罩地两茫茫。

晴吞万里霞和月，晦吐千川雨或霜。

石径无声风过冷，梧桐有泪叶飞黄。

莫因萧瑟生悲感，且把秋寒当夏凉。

# 岁末赠京中诸友

吁嘘岁月总匆匆，来若流星去若风。

碧水蒸腾终化雨，灵魂粉碎可成虹？

位卑犹望登天路，力弱还思搏海龙。

休怨光阴拴不住，余晖也要照苍穹。

# 与贴梗海棠同影题

深山谁说尽荒凉，自有棠花岭上香。

铁骨无忧萧瑟景，钢枝不媚绚然庄。

熬冬敢笑冰封冷，顶夏偏嘲日炽狂。

怜尔唯因同气味，喧嚣厌弃喜芬芳。

# 三亚湾山顶看日出有思

一览朝阳立险峰，凝眸四野觅英雄。

云吞翠岭涛吞岛，曲颂黄花鸟颂松。

海角初披秦汉月，天涯再沐宋唐风。

东坡放逐琼崖远，孰立开疆汗马功？

# 登峰望云遐想

夕阳西下墨云飘，宛若汪洋卷恶涛。

入眼江湖追我老，逐波日月化烟消。

欲寻一座悠闲岛，偏遇千堆乱石礁。

不为罡风强转舵，初心璀璨向高标。

# 早春夜即景有感

沉沉夜幕重如山，不见星辰见雾岚。

淑气归来遭雨袭，冷云离去遇峰拦。

冰初解冻停还聚，水乍升温降复寒。

莫怨严霜追早晚，东风快讯到城南。

# 夜登山即景遣怀

探险寻幽忍折磨，披襟挽袂上嵯峨。

滔滔月水翻银浪，阵阵松风涨绿河。

涧下云峰千丈瀑，莺穿树海半山歌。

登天尚有三寻远，莫惮艰难坎坷多。

# 大风传捷（宽韵）

飙风昨夜不斯文，逐户挨家猛击门。

怒问匆匆缘底事，忙应紧急抗瘟神。

驰援武汉惊雷动，追击新冠小鬼奔。

网上高歌传捷报：我军将把贼营焚。

题解：

昨夜大风降温，晨起欣见网传李院士说已有药可克病毒，喜而咏之。

# 与九三、九四届师生聚（两首选其一）

汪洋浩渺困长鲸，转向南山路不平。

银子坳中荆棘毒，仰天垮里雾霾横。

辛酸品尽无遗憾，岁月燃余有激情。

往事恒沙难诉说，冰霜过后自峥嵘。

# 夜坐忆苦学赠人

飘蓬未敢忘诗书，自信清吟道不孤。

入海行舟犹忐忑，登峰探宝总迷糊。

风敲万里寒冰路，月照三间热血庐。

休怨云山高且险，但将余力垦荒芜。

# 遣怀赠人

抛却尘嚣上峻巅，挹来雅兴撷岚烟。

穿林破雾披霜棘，越岭攀崖涉雪川。

脚底分毫溜日月，心中尺寸画江山。

踏平万仞云涛路，揉碎红霞撒满天。

# 赞雨雪寄同仁

来随雨到去随风，为伴他人绝影踪。

入地埋名滋旷野，自天降世隐娇容。

寒摇瑟瑟多招怨，暖孕悄悄谁记功？

但得天涯桃李艳，粉身碎骨亦英雄。

# 观高中校园遣怀

当年断梦尚依稀，棘隐长蛇硕鼠肥。

雨雪峰高多杂草，李桃园小绝芳菲。

衔枝总念填沧海，化石常思撼翠微。

四尽终赢声鹊起，初心在抱莫相违。

后记：

1994年，深陷窘境之南中，迫于无奈迁往冉家村山上。其时遍地齐腰荒草，鼠蛇恣意妄行……实不忍直视也。城南人困苦不坠青云志，砥砺前行，于废纸上绘新图……今见新楼新路新气象，抚今思昔，慨然以咏。

# 开启摇号之夜

如铅黑雾压峰巅，欲倒江河欲塌天。

困难万钧轻似羽，豪情寸骨重如磐。

巍峨峻岭凌云道，浩瀚汪洋搏浪船。

纵使狂飙驱暴雨，逆行何惮影孤单。

# 辛丑新正自励

波涛万里一孤舟，冒雨冲风往上游。

乱石惊魂潜水道，丈夫催胆立潮头。

且朝浩瀚争担险，莫对艰辛只说愁。

彼岸遥遥心已近，航标不改向瀛洲。

题解：

民办中小学非营利事，欲从办学中捞钱者，两股战战，竟而先走，吾以诗自励。

# 忆少年立志

少时仗剑闯乾坤，欲探孽缘除恶根。

满岭刀风来有泪，弥天雪雾去无痕。

家山兀自铭心底，别梦依稀绕棘门。

切莫唏嘘伤窘困，犹须矢志向昆仑。

# 己卯丁亥夜梦得三四五句，醒而续成

荷锄戴笠往崦嵫①，急急翻泥怨到痴。

且种幽兰于北谷，复栽雏菊向东篱。

喷香吐翠蜂来早，洒水施肥我去迟。

但得今生无憾事，满园桃李挂虬枝。

注释：

①崦嵫：太阳落去之地。

# 誓

折矢初衷定海针，教书旨在育良民。

追标不弃涛中月，举火堪忧釜底薪。

对险无为君子假，临危有胆俊雄真。

歧途岂可常挥泪，破浪追风渡险津。

# 晚霞吟

## ——一个老教师的述怀

不因迟暮怨斜阳，且敛余晖自主张。

亮色凝星明暗夜，寒云化雨下长江。

穿林过岭掀波浪，聚滴成涛入海洋。

纵似烟消无影迹，魂融沃土育花忙。

# 听吴华教授、田院长讲座

踉跄还期上峻巅，已知壁立少攀缘。

长途进退非由我，皓月盈亏只在天。

无力腾空终落后，有心浮海欲争先。

高标不惧风涛激，彼岸遥遥似眼前。

# 开学前谏守旧者且自警

自诩才超上大夫，遭逢小事就迷途。

守城惧怕新思路，破局仍依旧地图。

凶海风涛云漫漫，险关棘径血糊糊。

初心在抱还须记，疗创先将痼疾除。

# 遇雨寄怀

驱炎早是众心情，幸有芭蕉报喜声。

粗臂呼呼摇扇动，黑天滚滚走雷惊。

云崩宛若翻江海，电闪犹如舞纛①旌。

打湿衫裙多谢尔，甘霖但望过三更。

注释：

①纛（dào）：古代军队里的大旗。

写在赴京参加民办中小学分会成立前夜

# 暴风雨中漫步

幽幽小径树森森，簌簌银珠打暮林。

路绕云峰天吐雾，人穿水幕口吞霖。

难分雨汗愁真假，不辨高低走浅深。

漫溢坑洼如大海，逆风踏浪任浮沉。

# 别友人

荆峰棘隘路迢迢，哽咽长亭酒一瓢。

朔气来南心郁闷，渝车去北雪狂飘。

悠扬不是迎春曲，婉转原为送客谣。

懒唱阳关三叠调，盼听商海涨新潮。

# 赴京参会未果

登车急急赴燕京，兴会诗朋叙别情。

欲聚流觞行雅韵，却传病毒闹昌平。

仰天九啸筹无策，垂首三吁计返程。

但得今宵飞梦起，追风赶月宴群英。

题解：

赴京至万州，闻疫情折返，夜梦飞船进京与江、刘、杨、郭诸诗友聚饮，醒而作。

# 垂暮吟

老松尚在展虬枝，屹立冰封雪压时。

白虎横空来两祸，英雄落魄走单骑。

随飙撼地心难动，任浪滔天志不移。

昨夜阴风今夜雨，明朝旭日岂嫌迟。

# 行路难

## ——写在招生前夜

嶙峋怪石插云端，蔽日遮空一线天。

小径如蛇无复现，凶溪似海去犹还。

拊膺①莫怨披荆险，翘首何忧越岭难。

智过云峰潜涉水，今生不信尽危艰。

注释：
①拊膺：拍胸。

# 中夜吟

白驹过隙莫徘徊，秒秒分分巧剪裁。

莫让晨曦随雾散，须教暮霭带星来。

功臣抢上凌烟阁，诗匪悠吟闲适斋。

皓月如波清且净，权将几许洗灵台。

# 七十四岁戏作

古稀已过不须悲，流逝韶华岂可追。

搜索青春虽散架，探寻童趣却成堆。

但抛荣辱随风去，笑碾恩仇化气飞。

自古沧桑多巨变，莫嗟我老鬓毛微。

# 登八达岭长城抒怀

悠悠万里古烽烟，今日功夫已废残。

放马山南青草茂，耕田塞北绿波翻。

笙歌夜夜三更后，焰火年年众眼前。

莫把刀枪封库内，须防盗起海东边。

# 宿农校旧址

闲出新楼觅旧亭，夜莺低唱小虫哼。

月摇花径殊人影，风过槐林惹啸声。

休怨寒山伤索寞，且携幽梦舞轻盈。

流光窃取相思苦，斜叩芸窗叙别情。

2015 年 4 月 19 日

题解：

20 世纪 90 年代，我于农校度过了清贫、艰苦、静谧、舒心的岁月。这里既留下了我远离尘嚣世俗的清心，也成就了我教育的奇迹。这里留给我的思念是别人无法理解的。

# 忆昔赠妻

当初小妹似绯云，红粉衫儿白褶裙。

一脸朝霞飘麝远，两泓秋水蓄情深。

可怜①不是天香色，堪贵犹为玉洁心。

世上炎凉风蚀尽，唯存绮梦共瑶琴。

2015 年 4 月 12 日

注释：
①怜：爱。

# 野　趣

游山又到小桥东，忽见春光染绿桐。

竹笋扬头迎好雨，野花俯首笑馨风。

长天鸟语穿晨雾，深涧蛙声送晚钟。

更喜老翁身尚健，轻盈敢上最高峰。

2012 年 3 月 20 日

# 中秋夜与诗友赏月并论新旧韵

休争旧韵与新声，且看堂前桂树馨。

滚滚诗潮翻四海，皑皑月浪动三更。

不嫌盘里肴犹剩，只怨杯中酒少倾。

今夜是非君莫论，但凭意境定输赢。

# 别中国民办教育协会马某

五指山头万里云，扬镳分道近黄昏。

横空岭望蟾宫梦，拍岸涛惊寒士魂。

君有雄心清混沌，我无巨斧削乾坤。

过河但怕冰消解，一化滔滔不见痕。

# 自题辛卯贱庚（二首选一）

萍踪处处可安家，颠沛流离度岁华。

身直何堪悬剑印，腰沉还会话桑麻。

簪缨①色怨千夫指，黔首颜欢一巷夸。

花甲年头犹胆大，苍桐谁怕噪乌鸦。

2011 年 12 月 10 日

注释：

①簪缨（zān yīng）：古代显贵者的冠饰。比喻高官显宦。

# 游万盛黑山谷

鬼斧神工造艳姿，幽深裂谷恨来迟。

参天古木皆如画，入眼奇花尽是诗。

万丈玉帘悬峭壁，千寻银练①挂肖崎②。

流连不觉忘归去，倏忽西山日影移。

2012 年 4 月 5 日

注释：

①银练：山瀑；

②岧崎：本义是山势高峻，此处借指高峻的山峰。

# 自 诫

人生做事百般难，可贵心怀一寸丹。

树长危巅经万劫，船行险海过千滩。

登高始觉身材小，放眼方知玉宇宽。

莫恃孤香骄世界，春光烂漫尽芳妍。

# 忆昔窘困日

序：少时曾借居，顶塌半，墙倾一面，仅半间房亦被邻人占了四分之三。吾容身仅1米见方之空间。泥灶置于露天，烂床一截于日月风霜之中。逢荒馑，食物罄净，三日无食，饿极，投水自尽，被人救起。今每忆及此事，无不怆然而涕下。

昔日孤穷困僻乡，鱼游浅水倍凄惶。

柱倾剩下垣三面，檩断残留瓦几张。

泥灶当空熬日月①，绳床委地卧风霜②。

野蔬嚼尽期求死，撞地呼天向大荒。

2012 年 7 月 28 日

注释：

①熬日月：双关语，即实指泥灶于露天，白天经日，夜对月，也喻指无食可煮，只能煮日光、月。光，还喻指经受岁月煎熬。

②卧风霜：双关语，因只有半边屋顶和三面墙遮挡，故睡觉时，脚暴露于风露霜雨中，也暗喻艰难困苦。

# 赠李联川、唐昌友诸君

由来胆壮是英豪，劲敌称兵勇接招。

云水翻腾三万里，风雷震荡九重霄。

檐前燕雀悲狂雨，海里①蛟龙喜怒潮。

咬定青山心似铁，随他地动与天摇。

后记：

闻有人入足建分校，同仁中大有"两股战战，几欲先走"之势，而吾坦然云："大路朝天，各走一边。"

注释：

①万里之里为量词，海里之里为方位名词，古汉语不是一个字，里外的为"裹"，见《诗韵合璧》P268，辞源"衣部"，故不算重字。

# 悼张兴涛老师

绛帐城南四十年，清风明月写平凡。

劬劳①俯首童儿后，忍辱低眉恶犬前。

有识空怀匡世志，无财偏散济贫钱。

惊闻噩耗阴阳隔②，不觉双垂泪潸③然。

2013年1月19日中午

# 醉后言志

痴狂不改旧愚衷，岂羡青蚨①顶子红②。

鹤趣三分花醉影，春光一度柳摇风。

金樽美酒乾坤里，碧血丹心日月中。

听任喧嚣穿闹市，难惊淡定傻衰翁。

2012 年 5 月 20 日

注释：

①青蚨（qīng fú）：古代传说中的一种虫，借指铜钱。

②顶子红：清朝一品官员官帽颜色，喻为当大官的人。

# 再赠同仁

狂飙阵阵卷嚣尘，更见乌鸦噪晚林。

滚滚寒流驱淑气，沉沉暮色向黄昏。

虽无破浪乘风力，却有撑天稳地心。

涉险江湖终不悔，何辞老迈病残身。

2013 年 5 月 16 日

# 残秋即景思归

危峰独自望天涯，入眼寒山几处花。

柳线飘飘黄叶坠，烟波浩浩夕阳斜。

一声唳鹤云边客，满树秋风岭上霞。

箫笛急催归去矣，对床夜语①话桑麻②。

注释：

①对床夜语：典出《逍遥堂会宿》，意思是两人夜间对床共语（聊天）。

②桑麻：桑树和麻，意思是一起聊农家事。

# 读现代史有感

红旗漫卷古东方，星火燎原起井冈。

一举拳头心似铁，终生信仰志如钢。

拼捐热血均贫富，敢献青春笑死亡。

且看今朝多特色，高楼已替矮茅房。

# 暮见故宫古树

汉柏秦槐向暮云，灵心慧眼识乾坤。

皮皲①肉绽经霜久，脚大根牢入土深。

多少荣枯因雨露，几番黄绿赖秋春。

悠悠岁月兴亡事，道道年轮载古今。

注释：

①皮皲（pí jūn）：皮子破裂。

# 读《被缚的普罗米修斯》

万丈悬崖凛冽中，千斤镣铐响叮咚。

苍鹰猛啄心肝碎，热血横流宇宙红。

鬼遣天雷摧地气，君偷火种济民穷。

悲歌一阕狂飙起，画饼张张总是空。

# 回乡下有感

昨日池塘今日风，春光迥异刺心同。

王家坝上更①年月，邓氏祠前易祖宗。

摇落辛酸忘噩梦，熬干雨雪送严冬。

莫将往事从头说，且掷悲欢逝水中。

2015 年 3 月 13 日夜

注释：

①更：动词，更改，平声。

# 复某受挫者短信

万里波涛一叶舟，休因折桨哭中流。

且将弱水①浇心火，还得强风卷暮愁。

快煮艰难须纵酒，轻抛块垒莫回头。

盈亏自是江湖事，再整帆樯向五洲。

注释：

①弱水：古水名，由于水道浅或当地不会造船，都不通船楫，只用皮筏济渡。古人认为是水弱不能载舟，故名弱水。

# 茶

家在深山冷雾中，云冠雪履度从容。

明前雨后①分优劣，嫩短粗长说淡浓。

撮得三厘蒙顶叶，舀来一捧浪尖峰②。

诚邀几位清谈客，且把恩仇掷海东。

注释：

①明前雨后：明前指清明节，雨后即谷雨后。明前茶为春茶，质优味佳；谷雨后，渐入夏，夏茶品味皆次于春茶。

②浪尖峰：古有品茗大家，谓浪峰上的水烹茶为佳妙。

# 朝过奉节

平湖高峡送行舟，翠柏红枫一望收。

晓鸟啼开云岭雾，彩霞织出绉①纱绸。

铿锵易奏千年调，浩荡难消万古忧。

八阵图前诸葛泪，化为碧浪枉空流。

注释：

①绉（zhòu）：丝织物的一种。用合股丝线做经、两种不同捻向的强捻丝线为纬的丝织品。

# 又登大河沟无名山

穿凶走险上危崖，蹚过湍流日已斜。

阵阵晚风迎紫燕，萋萋芳草接绯霞。

破天乱石三千处，连雾轻烟一两家。

漫道荒芜人迹少，山幽绝胜市喧哗。

# 荒山石

## ——走笔赠勇武书记章

寝颜①不贱屹荒芜，阅尽人间废立书。

难学花嚣千岭艳，自甘鸟寂一峰孤。

天雷滚滚初心在，地火熊熊悔意无。

莫怨今生为弃石，聊将碎骨垫征途。

注释：

①寝颜：丑貌。

# 自选诗成集后遣怀

一羽鸡毛上九霄，云梯万里路迢遥。

雾浓不惮①诗坛远，月淡偏怜地轴高。

欲仗庸才书宇宙，但无椽笔赋风骚。

断须吟得三千韵，叹少华章引自豪。

注释：
①不惮：不怕，不担心。

# 秋月夜读

檐前蛩唱正繁忙，翠竹摇头送晚凉。

风起花涛馨尔鼻，窗开月水进吾房。

橱中籍册兴亡恨，笔下龙蛇翰墨香。

听任棋牌墙外响，喧嚣无奈读书狂。

2011年9月23日夜

题解：

邻墙为一棋牌馆，终日喧闹，故有《向往》及此首以抒情怀。

# 谏劝友人

人生最苦是相争，劝尔常欢享太平。

弹铗高歌真放肆，狂言昂首假聪明。

灵心自在清幽境，慧眼方知恶臭名。

对月长吟诗下酒<sup>①</sup>，壶中大道有豪情。

注释：

①对月长吟诗下酒：此句化自《小窗幽记》，"佳思忽来，诗能下酒"。

2012 年 1 月 28 日

# 雪岭溪畔见无邪少儿有感

雪岭坚冰化碧波，奔腾一路唱欢歌。

千重险峻冲深涧，万转崎岖闯大沱<sup>①</sup>。

毒废随江清浪少<sup>②</sup>，泥沙入海浊污多。

人生恰似长流水，少似山溪老似河。

2012 年仲秋

注释：

①大沱：江水支流通称。见《辞源》，此处代指江河。

②清浪少：年少，音不同义亦不同，非重字。


# 生日感怀组诗（五首）

## （一）童年苦难


呱呱坠入贱人家，棘径柴门度岁华。

无父未逢慈母爱，有书即读老师夸。

冲龄<sup>①</sup>始绘心中画，弱冠<sup>②</sup>方知井底蛙。

落魄皆由原罪累，孤星血泪向天涯。

注释：

①冲龄：幼小。我在三年级的作文中曾写道："……长大了，我要么当一个诗人，要么当一个作家。"语出狂妄，

但却受到老师的夸赞："志存高远。"

②弱冠：古代二十岁男子行冠礼，表示成人。因为没到壮年，故称弱冠。

## （二）少年流浪

风高浪急苦行船，万里云空望眼穿。

造反声声思故里，批修夜夜著新篇。[①]

几多雨水[②]期春暖，六度中秋[③]盼月圆。

暂把悲欢埋脑底，光明些许冀来年。

注释：
①流浪途中也曾写了几篇杂文，但全丢失了。
②雨水：雨水节。
③中秋：中秋节。

## （三）青壮年奋斗

十载昌州习种禾，冉家绛帐[①]授弦歌[②]。

传知布道新天地，讲史教文旧学科。

"四尽"③赢来评价好，"三真"④换得赞声多。

赤心变奏冲锋号，翻过冰峰涉险河。

注释：

①绛帐：东汉马融施绛帐以援徒，后因此作为师长或讲座的代称。

②弦歌：《礼乐记》原指传习《诗经》，此处代指教学工作。

③四尽：即尽心尽力、尽职尽责。

④三真：真心、真情、真知识。

"四尽""三真"，是我从教后的信条，也是我任校长后对全校教师的基本要求。

## （四）老来狂想

鬓皤①多病志弥坚，拼洒余光照后贤。

《自传》初成期十载，闲诗②续集待三年。

人情世故恩仇记，鸿爪遗痕冷暖篇。

旷达恬愉求体健，童心可否换童颜？

注释：

①鬓皤：鬓，鬓角，代指头发。皤，白色。这是说头

发白了。

②闲诗：消闲之诗，无用之诗，也指我的诗集《闲适堂诗词选》。

## （五）忆昔感悟

黔山蜀水凄凉地，十载江湖误寄身。

都说沟渠埋饿殍，哪知海岳①练畸人②。

天磨万劫成钢骨，蛊毒③千遭变铁筋。

苦难生涯真宝贝，资财岂止是金银。

注释：
①海岳：四海五岳，典出《新唐书·车服志》。
②畸人：奇特之人，典出《庄子·大宗师》。
③蛊毒：以毒药毒害人，而令人不知，谓之蛊毒。典见《左传·昭元年》。

# 新春逢旧友

细雨轻风浥①雾尘，儿时挚友喜登门。

相逢笑语迎新岁，拥坐柔声问旧邻。

痛忆深耕熬月夜，难忘②浅酌到霜晨。

沧桑几度悲欢泪，留得纯情告子孙。

2013 年 2 月 17 日

注释：

①浥（yì）：湿润。

②忘：古韵平仄两读。

# 闻有变赠同仁

霜压黄花报晚秋，雁声远唤暮云愁。

巴山木落成消瘦，蜀水源枯变浅流。

人爱凉天长作乐，我知险海苦行舟。

不堪月黑萧萧夜，风满西窗雨满楼。

2013 年 10 月 20 日

# 乞者自吟（外一首）

## （一）

乞讨声声唤可怜，豪门吝啬半文钱。

弃灰①桶里捞年月，烂草堆中度暑寒。

谁愿躬身甘下贱，不求昂首往高攀？

劝君白眼休抛尽，难保儿孙俱圣贤。

## （二）

日日清心胜散仙，不求富贵不攀贤。

吞残咀腐无朝暮，铺地衾天少暑寒。

碌碌凡夫增苦累，悠悠乞者灭悲欢。

人祈得道彭公寿，我愿黄泉早大安。

2014 年 1 月 31 日（农历正月初一）

题解：

今见一乞者从垃圾桶里捡些剩残食物后回到住处——桥下烂草堆，稍息便煮残物而食之。有感而作也。

343

注释：

①弃灰：垃圾之古称，语见《韩非子·内储说上》："殷之法，弃灰于道者断其手。"灰即垃圾，将垃圾随意丢在道路上的，就会被处以断手之刑。

# 夜宿武隆山遇雪

铅云惨淡压山巅，夜半梨花绽叠峦。

莽莽丛林藏碧玉，条条水瀑变银帘。

都夸素裹千峰秀，孰料阴风万户寒。

我欲腾飞南越去，偷回一片艳阳天。

# 谏某"诗人"

自比天才胜一筹，矜夸梦鸟①不知羞。

诗吟锦绣精三昧，笔走龙蛇誉九州。

更诩千篇惊李杜，偏无半字写春秋。

劝君临镜勤梳洗，休品他人脚与头。

2015 年 4 月 7 日

注释：

①梦鸟：《晋书·文苑传·罗含》："含幼孤……尝昼卧，梦一鸟，文彩异常，飞入口中，因惊起说之。

朱氏曰：'鸟有文彩，汝必有文章。'自此后藻思日新。"后因以"梦鸟"喻诗文才思之富。

# 题南苑诗社

漫叹今生老不华，痴情万丈入诗家。

有心酒醉偏无我，无意歌吟却有他。

旧韵丝丝牵旧梦，新风缕缕孕新芽。

园中蓓蕾抽开后，一任清香向四涯。

閑适堂·刘余集

# 谢佐书会长赐"不知足"条幅

膏泥长棘变荒丘，废弃心田已绝收。

幸得良方消块垒，拼将余力赶潮流。

人知不足天天乐，事到无为处处愁。

且把千难抛碧海，扬帆正舵自悠游。

# 抗　洪

不利流年恶运交，频仍劫难泰山摇。

铁雷飞滚千钧力，银闪轻扬万把刀。

已有罡风趋雨势，更兼弯道助洪涛。

军民铸就精钢坝，任尔魔掀滚滚潮。

# 夜独步至小佛寺

抛却喧嚣上峻峰，林深小径有无中。

虫哼几曲悠闲调，月透千枝散淡风。

莫苦阴森生恐惧，应怜寂静得从容。

长年浸泡庸尘里，得览清幽万事空。

# 自　白

当初我也爱清廉，入得官场渐学贪。

脚瞎方才行险道，心歪总欲觅污钱。

堪忧夜半妖姬散，更怕平明纪委传。

漫说吾侪天大胆，登船容易下船难。

# 岁寒三友

片片彩霞飘八荒，追驱索寞喜洋洋。

犹欢竹溢三分气，更伴松添一段香。

冻雪随他飞大小，拟春任我绽红黄。

深山万仞云为伍，谁与蓬蒿较短长？

# 写《自传》有感

历尽萍漂路几程，抟空[1]豪气散云旌。

书香渐浸灵台净，命蹇潜滋慧眼明。

字里行间辛苦泪，心中笔底暖寒情。

荒唐忘却恩仇事，袞袞悲凄付瀚瀛[2]。

注释：

①抟空（tuán kōng）：盘旋于高空。

②瀚瀛（hàn yíng）：大海。

# 深山农家

白云深处岭连峰，谁说山穷水亦穷。

草语林声来远近，莱畦瓜垄任西东。

溪穿翠嶂掀银浪，鸟过蓝天唤彩虹。

妙曲炊烟青竹院，不疑身在武陵中。

# 资阳山中觅旧踪

落魄曾经效吕公①，夜栖日乞此山中。

槐荫似盖能遮雨，岩穴如房可挡风。

冻少粗衫期月暖②，饥无漂母食霞红。

西江辙鲋③难援救，原罪加身贱胜虫。

注释：
①吕公：吕蒙正。川戏中，吕蒙正年轻时贫贱而乞食。
②期月暖：期盼月亮带来温暖。

③辙鲋（zhé fù）：比喻处于困境的人，出自《庄子·外物》。

# 过故居悼女友

序：忆昔与其游戏夜阑。更难忘者，每送公粮时，其总是抢先到终点，速返为力弱之我挑粮，与吾热恋而终未成眷属。今触景伤怀，有吟以悼：

雨雪霏霏触感伤，当初兰蕙绽鲜芳。

传花击鼓三更笑，赶夜偷薪一岭忙。

蜜意轻声倾苦水，柔情重担送公粮。

今生已了悲欢梦，来世依君理靓装。

# 教师节有感赠梁琴

满篇血泪不荒唐，侠骨柔情有主张。

回顾乌云泓万里，前驱白雾露三光。

高歌易水多悲壮，俯首孺牛少健康。

岂为浮名遮蔽眼，杏坛清气自堂皇。

# 入山有悟

探幽觅趣且偷闲，浩荡春风向远峦。

朵朵红花悬锦幛，丛丛翠竹接云岚。

三溪不解新规范，一路还吟旧乐篇。

莫道清纯无韵味，山光水色自天然。

# 复谬赞吾诗者

常言俊鸟隐蓬蒿，觅食昆虫尽苦劳。

不媚春和风雨润，犹啼夏暑气温高。

人传世上多麟角，我谓天堂少凤毛。

大浪淘沙金渐现，名家岂可显今朝。

# 车次石柱望山顶松有感

茕茕孑立①在巅峰，几尽沧桑阅世穷。

足插危岩钻破隙，头穿浊雾向晴空。

虬枝似伞迎寒雪，翠叶如针刺毒虫。

已惯云岚多变幻，任他冻雨与霜风。

注释：

①茕茕孑立：指孤独无依的样子，形容无依无靠，非常孤单。

# 山　路

细若羊肠曲似弧，隐名丛莽向山隅。

夜迎觅食来千兽，日送寻芳去万夫。

夏暑冬寒随冷暖，花开草萎任荣枯。

坦途无际人争羡，小径悠悠谁在乎？

# 复友人问其缘何命蹇

胸藏瑰宝一神针，静看风狂笑雨淫。

大浪追随江入海，小潭留伴岭滋林。

花开早晚缘寒暖，水涨高低自浅深。

拗命奇招君可有？初衷笃定任浮沉。

# 初夏回官峰感怀

乡音伴我过官峰，心逐浮云上碧空。

入目山随天染绿，坠溪花任水漂红。

民谣阵阵千家乐，笑语声声五谷丰。

逗趣闲庭嬉老友，挥拳欲打白头翁。

# 雨夜无眠忆当年

当初夜黑雨绵绵，因躲刀风蜷一团。

地作牙床云作被，月为面饼草为饘<sup>①</sup>。

他人偷得苕如豆，侪辈乞来泪似泉。

狗肺神灵谁悯我，命悬若线奈何天。

注释：

①饘（zhān）：浓稠的粥。

# 赠学生张

缘何肆意闹喧嚣，总以无情当自豪。

引力波长千里近，离心路短一分遥。

是非不计陈年账，江海谁翻隔夜潮？

且把从前磨铁粉，洪炉火炼铸钢刀。

# 古稀生日写《自传》

已是黄昏唉气多，休将余热任消磨。

抢他壶里偷来术，留我江中逝去波。

一寸光阴千页字，半生泪水万条河。

安能谱好园丁曲，响彻云霄创业歌。

# 赴初九八级同学会

相逢共叙旧年华，短梦遥遥记不差。

无数晨钟惊早雀，几番夜读接朝霞。

曾流泪苦三冬雨，亦有心甜六月花。

霜鬓登高常望远，秾桃艳李满天涯。

# 峰顶石

历经危难屹乾坤，钢铸躯干铁铸魂。

电击千遭犹极顶，日雕万载未留痕。

任凭狂啸飙风冷，争奈深埋沃土温。

但有嶙峋骄傲骨，何忧雨雪共晨昏。

# 三亚湾登山遇暴雨抒怀

踏平坎坷过山垭，入目春光漫四涯。

一片汪洋翻雪浪，两峰桃树吐丹霞。

雷摇海角千推石，风卷天边万里沙。

大喝三声无所畏，初心笑对雨如麻。

# 冬极顶遣怀

冷云似铁压长空，瑟索山河一望中。

雨打林疏高岭瘦，寒流涧浅大江通。

雪刀刻出松苍翠，冰凿雕来梅白红。

最暗黎明鸡报晓，岂知朔气畏东风。


# 七十二岁自寿

七十阴晴散若烟，丝丝缕缕入城南。

轻为水气浇心雨，重化膏泥种树田。

遇虎何须藏谷底，迷途不泣上峰巅。

斜阳晚照红黄浅，也把残躯当炬燃。

# 深秋寻胜

瑟索秋来觅不同，攀崖涉水上高峰。

苍山磅礴飞金蝶，碧涧盘旋走玉龙。

自在清幽仙境里，何忧混沌俗尘中。

邀来皓月相携手，且伴林涛唱大风。

# 霜月夜与友人纵酒有感

庭中木落早知秋，更见严霜布满头。

月下邀新多浊酒，花前忆旧少良游。

慢将拙笔嘲今事，且把冰心寄远鸥。

可叹昏矇衰日至，吟哦不敢上层楼。

# 邀友携酒春游伤亡友

梅谢东风报暖春，莺声唤取草如茵。

杂花傍路铺苏绣，柳线垂溪戏锦鳞。

欢得佳诗邀老友，喜携浊酒约新邻。

山川形胜依然是，可惜今人换故人。

# 咏志寄永昌

自在悠游实在难，忧忧杂念起无端。

身多老病心多苦，日少清闲夜少安。

壮志消融霜万瓦，诗魂愧对竹千竿。

激流勇进何须退，岂怕乌鸦噪岁寒。

# 送忘年交之任城口

服务穷乡也叫官，休言僻壤可偷闲。

春阳炫炫千家暖，冬月溶溶万户寒。①

厂矿农商皆大事，油盐酱醋是高天。

民贫地瘠须关注，莫待蒙羞再觉惭。

注释：

①炫炫：光明照耀，光彩炫目。溶溶：月色宽广无边的样子。

# 赠梁琴、喻刚惠老师

经年岁月不蹉跎，风雨同舟度劫波。

诽谤滔天掀巨浪，牢骚透地泄长河。

千般困惑千般苦，一路艰辛一路歌。

奉献冰心真宝贵，拼将壮志任消磨。

# 向宵小宣战

尘世心魔有万般，良行岂可畏流言。

营营<sup>①</sup>不惧生前累，默默何求死后贤。

任尔歪风吹黑雾，凭吾正气向青天。

历经浩劫终难改，真伪人妖自了然。

注释：
①营营：追求奔逐。

# 梦从军

浑然不觉入南柯，铁骑冲锋过大河。

白雪彩旗喧玉帐，蓝天红日耀金戈。

欢呼奏凯夸年少，竞比挥刀杀敌多。

醒望鸡窗明月笑，称扬老迈未蹉跎。

题解：

夜梦顶盔贯甲，驰骋塞北。时而彩旗动而绿帐喧，时而马嘶血溅凯歌还，醒后草草以记之。

# 高考成绩公布之夜

遥望星空万丈豪，心花竞放向重霄。

三年积累劬劳苦，此刻翻腾幸福潮。

鹏举青冥风浩荡，船行沧海意飘飘①。

漫夸桃李天涯遍，灯下埋头赶暮朝。

2014 年 6 月 22 日夜 23 时作

注释：

①飘飘：此处形容驰思高远。

# 蜀南竹海度假

岚生峻岭茂林稠，汩汩清泉出石头。

无事云房随坐卧，有心书海任沉浮。

诗中日月高低路，梦里江湖小大舟。

自在深山除杂念，权抛烦恼旧新愁。

# 早醒寄女友

披衣起坐恰三更，重启尘封动夙情。

月色沉沉和梦老，荒鸡阵阵唤天明。

丝弦已断琴犹在，逝水还流浪未平。

最怕灵魂难守舍，偷偷伴你数晨星。

# 七夕寄人

游丝不定碍重逢，应是多情情未浓。

绿绮七弦君懒抚，银霜两韵①我难工。

云横迢递三千里，雨洗嵯峨十二峰。

行止花笺曾寄泪，倾盆洒向灞桥东。

注释：

① 两韵：即平声韵、仄声韵。

# 登农校旧址思校事

夜色苍茫笼九州，山川入目尽衔秋。

披霜草短枫颜重，戴月风轻涧水流。

梦去天涯追旧迹，人来故地解新愁。

清宵事事萦心底，只为千帆竞上游。

# 谏浮躁者

莫诩人间第一贤，群花丛里独芳鲜。

初妆不识匀脂粉，对镜方知是丑妍。

偶遇春风香万岭，但逢冬雪萎千山。

五湖谁个夸深浅，涧小哗哗总自喧。

# 学校改制十年

冒雨冲风整十年，匆匆岁月水中天。

栽花倒是山山艳，酿酒谁知瓮瓮酸。

未熟黄粱鸡唱晓，已迎白发志弥坚。

阴晴纵使无从定，老骥云车<sup>①</sup>敢向前。

2014 年 12 月 1 日

注释：

题解：2003 年改制至今已 10 年矣，个中酸苦几人知，作诗以志之。

①云车：此处意为战车，古代作战时用于窥探敌情的楼车。

# 海　边

穿过椰林向海滩，弄潮儿戏亚龙湾。

暖风轻拂银沙醉，鸥鸟斜飞碧浪喧。

眼底狂涛惊舵橹，心中旭日散云岚。

晴光浩瀚天涯远，彼岸遥遥一寸丹。

## 农家春晓

堤柳轻摇笋自肥，堂前乳燕舞熹微。

和风不解飞花意，淑气偏追惊蛰雷。

虽失香梅随雪去，却携明月带春回。

东君最喻农家愿，红满山原白满篱。

## 复某君

当今世上少糊涂，高调声声道不孤。

雪厚蓬门无铲扫，霜稀豪宅有人除。

他贪富贵千般爱，我拥吟哦几架书。

自是痴狂常买醉，丹心早已入冰壶。

# 失败者

凤凰铩羽①蛰②阴山，垒土衔枝③若许年。

大斧无人能运力，小舟有舵敢争权。

行情不认招牌老，顾客偏挑价格廉。

花谢花开谁做主？东风浩荡奈何天！

注释：

①铩羽（shā yǔ）：翅膀被摧毁，比喻失意，也比喻人受摧残而失志。

②蛰（zhé）：动物冬眠，藏起来不吃不动，有潜伏、隐蔽的意思。

③垒土衔枝："垒土"，也作"累土"。老子《道德经》中"九层之台，起于累土"，意思是九层的高台，是一筐一筐的土筑起来的。"衔枝"，出自精卫填海的神话传说。"垒土衔枝"，化用两个典故，大意是说失败者积累力量。

# 梦醒无眠咏得以抒怀

漫将尘世说从头，挣脱心囚总自由。

白眼沉浮三不畏①，赤身来去两无忧。

挥毫欲了千年憾，迈步安能万里游。

若卸双肩名共利，一蓑烟雨一扁舟。

注释：

①三不畏：论语季氏"君子有三畏，畏天命、畏大人、畏圣人之言"，反其意而用之。

# 与知青友人游湖忆旧

且抛往事入长河，邀得良朋弄碧波。

千岭葱茏千岭笑，一湖潋滟一湖歌。

新声唱去云天远，旧梦频来涕泪多。

敢问王家坝上月，今朝几个叹蹉跎？

# 暴雨后看南山古榕

乾坤激荡绝三光，万木躬身垂首忙。

大地摇摇天欲坠，飙风凛凛雨犹狂。

驱雷逐电云惶恐，越岭穿山水渺茫。

唯有葱茏传古意，一身清爽向朝阳。

# 赠诸同窗

身微草芥出寒门，少壮鹑衣①嚼草根。

眼下虽无嘉岁月，心中却有大乾坤。

是非应化生前散，肝胆须留死后甄。

节洁兰芳谁禁得，何愁落日向黄昏？

题解：

此诗赠蔡启森、邓万容、周述昭、周维汉、姚长元、蔡长火诸同窗。

注释：

① 鹑（chún）衣：补缀的破烂衣衫。

# 翻 山

## ——听张丰主任讲座后

摩天峻岭万千重，荆棘弥途虎豹凶。

脚底悬崖皆是路，眼前迷雾不遮峰。

梅心点点融风里，铁骨铮铮屹雨中。

莫畏炎凉坚守道，登攀岂止老愚公。

# 冬夜不眠南山凝望

入夜缘何总少眠？恒沙往事不如烟。

月明清宇心盈梦，霜冷长河雪满天。

寂寂南林犹瑟索，巍巍北塔自悠然。

我生但在迷糊里，遑论穷忙与富闲。

# 周末之晨

月挂林梢雾挂天，稚声荡漾校车喧。

纷嚣渐去龙棠路，沉寂又来东序园。

霜菊犹存冬至后，雪梅却绽大寒前。

心花艳在心香地，一朵凋零万朵妍。

# 梦死后火化

长大拼成奠础材，呱呱落地不知哀。

千寻峻岭千年土，一世虚名一捧灰。

休说人生无况味，但将骨架化烟煤。

三魂若可成岩石，也入城南垫讲台。

# 暮登山遣怀

暮气沉沉压峻峰，乱云飞渡眼迷蒙。

十分秀色灰霾里，一涧清波绿树中。

谁爱月明催艳菊，不愁霜冷损苍松。

寒流滚滚长天暗，岂挡江河永向东？

# 独行忽忆昔流浪日

也曾拨雾险峰行，剑壁刀崖鬼怪惊。

几度心虚将退却，三番胆壮又攀登。

雪封关隘冰凝涧，穴出狼豺棘塞坪。

踏遍天梯魂欲断，回眸四顾泪盈盈。

# 忆农技校创业

打虎南山野草丘，雄心万丈逞风流。

任他瘴雾来三界，凭我波涛去万忧。

莽莽洪荒须放胆，滔滔浩海敢行舟。

桃夭李硕天涯路，不忘初衷第一筹。

# 赴京憾归

云天万里总匆匆，来似声光去若风。

有意流觞筵挚友，无缘觅暇揖诸公。

夜闻濑水掀惊浪，朝别燕山过九重。

但把情嵌平仄韵，小诗寄往禁城中。

题解：

偕杨利、明礼入京，无奈央视事忙，无暇拜访诸友。原筹夜与诸君聚，岂知校有事急归。

# 春到农家乐

春来夜雨趁风轻，宅后庭前唤早莺。

傍路山花争姹色，掠天野鹜弄新晴。

鸡催午饭啼三遍，犬见游人吠几声。

可爱童儿场上戏，扛支木棍练精兵。

2013 年 3 月 24 日

# 忆担粪

昔日雷霆困僻乡，饥寒昼夜苦奔忙。

肩挑臭矢千钧重，脚踏云梯万里长。

惨淡①家山愁倥偬②，伶俜③岁序④走迷茫。

风高月黑人生路，敢问前行向哪方？

注释：

①惨淡：尽心思虑。

②倥偬（kǒng zǒng）：困苦窘迫。

③伶俜：孤独的样子。

④岁序：岁月。

# 杨家河新貌

自辟鸿蒙弃大荒，贫沟僻壤破穷乡。

昔年野菜连锅臭，今日佳肴满院香。

莫羡山村真富裕，因沾天露沐阳光。

虫鸣鸟唤卿云曲，万涧千溪奔小康！

# 农乡写真

冰消雪化去匆匆，春意潜来地换容。

渐见茶肥高岭上，又闻鸟唱薄岚中。

机耕垄垄喷香土，风舞重重绣峻峰。

莫怨儿郎奔四海，翁姑白发老英雄。

# 野　草

溪畔岩边寄此身，露滋雨润长精神。

肥泥让给他家种，瘠壤留为自己耘。

昔化坑灰炊黍薯，今燃地气废柴薪。

莫言低矮难堪用，我更萋萋送路人。

# 沱江吟

浩浩汤汤向渺茫，冲天劈岭入汪洋。

饥餐卵石无嗟怨，渴饮污流有惋伤。

千里淘沙谁感佩，万年拓土我奔忙。

公平自在人心里，颁尔冰轮做奖章。

# 铜婚纪念

三十年来雨雪程，拨云驱雾泪纵横。

几番夜走南中暗，一点灵通北斗明。

虽有山花迷乱眼，却无浊水染忠诚。

再生路上相携手，笑酌楼头共五更。

# 冬日东序赏竹

万木萧疏向大荒，校园东序几丛篁①。

枝柔不惮狂风折，梗直堪禁暴雪伤。

相伴松梅同早晚，敢陪日月共炎凉。

严冬暗孕芽肥嫩，待到春来笋自长。

注释：
①篁（huáng）：竹林，泛指竹子。

# 不眠夜寄人

望断云空拍断栏，恒沙粒粒数从前。

梨花散去春流海，幽梦飘飞爱撞山。

握紧温柔忧鸟去，松开冷寞盼人还。

早播红豆他年土，已约来生不落单。

# 贤英表姐花甲寿日作

鬓衰聚首话家常，旧事重提倍感伤。

春夏无柴烧湿草，秋冬少食煮麸糠。

挑灯踏露深耕地，戴月披星种水厢[①]。

只说丹心为革命，谁知梦醒是荒唐[②]。

注释：

①水厢：把水田泥筑垄成厢，种冬小麦。其吏创意为增收创新，事后证明为劳民伤财之法。

②荒唐：广大而不着边际，引申为夸大不实或荒谬无理。

# 农家乐（二首）

## （一）

溪水初平石隐藏，柳枝渐老褪春装。

蓝天鸟过千山唤，碧野机耕遍地忙。

田里禾苗流嫩绿，廪中麦粒闪金黄。

谁人识得农家乐，麻将声声送夕阳。

## （二）

东风送暖入农庄，雨嫩新茶土带香。

昔日羊肠生百草，今朝公路沐三光[①]。

楼高历历青云矮，木秀芊芊碧水长。

引得梧桐招彩凤，谁疑禹甸是天堂。

注释：

①三光：指日、月、星辰。

# 盼

## ——濑溪畔雨中漫步有感

似铁乌云压矮天，零星细雨濑溪边。

恨无闪电惊雷激，偏有烦心燥热煎。

盼去扶摇清宇宙，移来浩荡洗山川。

污泥浊水沉深海，一片晴明照世间。

2013 年 5 月 29 日

# 欺农妇者

凶獒自诩鬼聪明，富贵贫穷辨得清。

媚眼朱衣摇大尾，獠牙破袄发狂声。

为求剩饭三根骨，岂吝甜言一笑迎。

失宠终朝羞忍泪，呜呜荒野苦哀鸣。

# 梦入农家

多少欢欣入梦中，月明恍惚①夕阳红。

凤鸣宅②后青梧竹③，儿戏庭前彩蝶蜂。

三架青藤花海北，几弯碧涧稻田东。

歌吟韵醉清平调，起看茫茫怨晓钟。

2013 年 9 月 13 日

后记：

大梦易成而小梦未必。

注释：

①惚、②宅、③竹：古入声字，今平声字。

# 车过达州忆筑路

当年虎旅起雷霆，十万民兵步远征。

夜夜廊檐临雨雪，餐餐素菜盼荤腥。

光阴逝去人消瘦，铁轨伸长岭削平。

血汗喷浇枢纽线，今朝物畅客盈盈。

2013 年 11 月 14 日

题解：

一九七〇年，步行一千余里至达州。时条件艰苦，住廓檐，食霉萝卜干，无现代机械，手挖肩扛三年，历尽艰辛，终修成了襄渝铁路。

# 雨雾中与《诗刊》杨主任游龙水湖

## （新声韵）

湖波荡漾雾连天，逐韵寻幽上画船。

岭罩青纱风似剑，云穿铁甲雨如帘。

黄花脉脉思无梦，斑马萧萧恋有缘。

野鹜低徊三两羽，谁将水墨写山川。

# 记 梦

夜上巫山十二峰，中霄皓月映娇容。

秋蕖吐艳春兰韵，碧水扬波弱柳风。

痛泣郎心凶胜虎，堪怜我命贱如虫。

金鸡送别来时路，回首云涛几万重。

题解：

梦娇娃，婷婷立于溪边皓月下，泣谓其毕业于某大学，夫屠沽儿，性暴常殴之。闻之暴怒而醒。

# 冬日海滨即景

弄潮儿闯碧波间，展翅鹍鹏跃万旋。

懒管惊雷头上滚，闲观冷雾眼前翻。

心中自有朝阳暖，身外听凭朔气寒。

定海神针常在握，凶涛恶浪敢扬帆。

# 月下登南山

银纱谁舞弄轻柔，远满高空近满丘。

杨柳频摇亲濑水，月灯联动耀昌州。

他驱暑气弥三夏，我带凉风过九秋。

敬谢黄花相比瘦，苍松不老自悠悠。

# 清明祭倩琼姐

泪洗双瞳一寸①哀，追思无奈少坟台。

花残杳杳香魂去，月缺悠悠向笛②来。

人说风尘皆草命，我闻侠义出荆钗。

扶危愧煞须眉辈，冰雪幽光抱素怀。

题解：

1964 年冬，吾浪迹成都，饥寒中几死者数也。幸得资阳唐倩琼日资我粮票一斤、币一元，如是三月有奇。吾受其活命深恩，今生难报，但乞报于泉下。

注释：
①一寸：心。
②向笛：向秀吹笛。

# 拂晓吟

金鸡啼破晓初开，渐褪朦胧慢剪裁。

一片云魂风里去，三分曙色梦中来。

小虫轻唱钻墙角，短句长吟上露台。

天自巍峨高莫测，诗心犹在壮襟怀。

# 赠友人蒋

漂洋舔犊怨归迟，枉使畸愁皤鬓丝。

夜忆幽林携月醉，晨思远岸惹心痴。

昨天辞别强无泪，明日重逢可有诗？

但得电波传快讯，赏荷听雨到秋池。

# 江村感怀

俗客江干逐寂寥，只缘心底满尘嚣。

疏林似染残阳血，破舫犹抛旧铁锚。

一气偏争千怨积，三玄①可使万愁消。

风吹雾尽天澄碧，岂惮汪洋涨黑潮。

2016 年 11 月 30 日

注释：

①三玄：魏晋玄学家对《老子》《庄子》《周易》三书的合称。

# 霜晨登高

茫茫一派向东流，望断难寻苇叶舟。

百丈彤云千里路，一蓑烟雨万川秋。

霜来夜梦家山冷，雁去天涯客色愁。

屈指筹归无远近，此生谁肯再登楼？

# 不眠夜有忆

三更犹在舞翩跹，借醉交杯了夙缘。

心雨轻浇芳草地，痴风漫卷艳阳天。

今宵落魄愁孤寂，昨夜销魂乐众欢。

短信殷勤劳探问，轻霜明月可凭栏？

# 讨论市政府工作报告遐想

如坐芳馨暖气中，江山万里乐融融。

手提灿灿乾坤剑①，肩负沉沉日月弓②。

射下天狼千鬼绝，招来地母万衢通。

神州尽奏卿云调，众力齐心向大同。

注释：

①乾坤剑见《傲世剑圣》。

②日月弓见《水浒传》中花荣的武器为天地日月弓。

# 常相忆

婆娑若柳乱心旌，鸾舞朱弦入五更。

握住温馨冰化火，烧成热泪水凝情。

涛声欲问行船险，雁字偏追别梦惊。

多少清风明月夜，偷将楚雨寄流莺。

题解：

贱辰夜曾与妻及众友歌舞于蓝爵，友人唱《涛声依旧》《月满西楼》，其情景夜入梦，故咏以记。

# 看雾赠女友蒋

登山又遇雾弥天，两眼茫茫不敢前。

袅袅如烟遮碧野，滔滔若海向苍天。

心中只有三分地，脚下何来万里川。

莫为浮名伤晦暗，顺风逆水敢行船。

# 雨惊晓梦，独步江畔遣怀

一夜萧萧不住声，风掀涛涌向云旌。

行船不怕回头浪，怀璧何忧刖①足刑。

洗去浮华千载梦，换来沉静万吨情。

任凭暴雨狂飙起，闲适堂中听鸟鸣。

注释：

①刖（yuè）：古代一种砍掉脚的酷刑。

# 怨闹后

野岭寻芳已六秋，惊闻禁道欲封沟。

柔情似水溪中逝，皓月如波枕上流。

几处长空传雁梦，谁家短笛动离愁。

风声幻若卿卿语，欲唤相询又作休。

# 赞罗布泊英雄

茫茫浩瀚入荒芜，万里难寻草一株。

掘洞权当钻地鼠，掏心誓做破天夫。

黄沙佐食冰当被，皓月为灯水煮蔬。

碧血浇成原子弹，五洲惊喜吓狂徒。

# 读陆游《钗头凤》有感寄人

裂肺撕心过五更，蓦然回首泪长倾。

流金岁月归沧海，吐蕊芳香变锦绳。

一把温馨栓绮梦，三宵冷寞①断柔情。

韶华已负无须怨，误却今生约再生。

注释：
①冷：寒冷；寞：寂寞。

# 谏某些师生

听随小雀叫喳喳，万唤千呼两眼花。

扑哧腾空三米路，哎呀坠地一身沙。

不思云里飞高技，却躲檐前怨大家①。

赠尔箴言须记取，从来嬉戏误年华。

注释：
①大家：此处指有特殊才能的人，如唐宋古文八大家。

# 劬劳之季

微雷浅唱过山川，唤醒黄鹂唤碧天。

涧水初升江似练，野花渐乱雨如烟。

夜催蛙鼓邀明月，晨赶樵风舞绿鞭。

锦绣春衫谁织就？双双巧手赛神仙。

# 中秋雨夜

雨朦胧胜月朦胧，驾雾追云上九重。

千丈侠情穿雨幕，万寻豪气去瑶宫。

红酥手酌黄滕酒，白发翁擎碧玉钟。

为有灵犀连广宇，诗潮滚滚贯长虹。

# 题师生实训基地

半亩茹蔬一亩花，更添桃杏坠枝丫。

小池脉脉红鳞戏，长岭萋萋白日斜。

休怨峰高多寂寞，且怜溪浅少喧哗。

山居自在无忧患，朝沐清风晚对霞。

2014 年 5 月初稿，修改于 11 月 28 日

# 端午感怀

尽道沉沙悼国殇，悲风枉起汨罗江。

如无腐楚成亡土，岂有强秦统汉疆。

自古千夫批佞贼，由来万世赞忠良。

若谁解得离骚怨，何必年年祭祀忙。

# 无眠望月遐想

望穿秋水绝惊鸿，愁雾茫茫向九重。

绮梦一帘随海浪，相思万种去吴淞。

但贪几盏忘情酒，醉入三天离恨宫。

夜遣灵犀乘月去，偷窥粉黛绛绡中。

# 古稀抒怀

七十人生路几程，弯弯曲曲向云旌。

登峰不惮悬崖险，涉水偏拼激浪惊。

虎啸森森腥雾起，鹏飞浩浩飓风生。

昆鸡岂晓雄心在，乐在黄昏夕照明。

# 七十一岁生日寄淑筠儒筠姐

奔波七十若漂萍，久搏凶涛少有惊。

芥草虽无云彩梦，春蒿却有雪梅情。

三心雨打丹心重，一气风吹戾气轻。

莫道人生多坎坷，胸中无浪怨犹平。

# 七十三岁感怀

研磨心血写青春，点竖横钩总认真。

岁月匆匆奔浩海，风雷阵阵困痴人。

愁肠蓄满诗和酒，义胆何忧贱与贫。

振羽扶摇霄汉上，冲天一啸小红尘。

# 又无眠寄前女友

忆唱欢歌上九天，瑶溪淌爱润心田。

真情雪化能防腐，往事冰封可保鲜。

纵是坩锅熬百载，也须玉宇锁千年。

灰飞四野阴阳改，难灭痴痴一寸丹。

# 回　放

记得溪亭暮色稠，花丛蹦出俏丫头。

盈盈嘴笑腮如雪，剪剪①发飘眉似钩。

惊临碧水观婎窘，急撷红霞掩怯羞。

畏我生人颜腼腆，躬身一跳上渔舟。

后记：

一九九三年秋，吾游简阳见一乖巧农家少女事，今以诗为忆。

注释：

①剪剪：整齐貌。钩：弯曲状。

# 浪淘沙·暴雨

似注破天惊,电闪雷鸣。九霄①秋汉②决堤倾,弥漫南山云雨雾,不见棠城。

洪水貌狰狞,浩浩无情。千川熟稻浪冲平,急令司神修雨簿,还我晴明!

注释:
①九霄:天之极高处。
②秋汉:秋季的天河。

# 浪淘沙·逆行者

日夜雨潺潺，朔气喧喧。浓云冷雾笼山川。一涧洪波漂落叶，秋满人间。

不惧百花残，意似钢坚。逆风冒雨勇登攀。纵是冬来冰铸道，定上危巅。

# 浪淘沙·和李联川老师

旧梦老来缠，几度南山。师生笑对倒春寒。头顶雷霆过岁月，共克时艰。

往事不堪言，累月经年。钝驽已竭少欢颜。岂用巨毫书细绩，愧对苍天。

# 浪淘沙·冬夜改《自传》

冷雨满江天，雾锁山巅。彤云滚滚漫无边，试问三魂何处去，雪岭荒滩。

逝水溢心田，苦辣甜酸。休言往事散如烟。夜夜三更来枕上，泪若喷泉。

# 游山野餐醉酒

结伴二三子，弃车登坂途。

迢递山路险，兴高鼓与呼。

石乱流清涧，崖悬挂苍蒲①。

峰峻生榕树，林深窜野狐。

杂花艳矮棘，蔓藤缠高株。

飞鸟歌霓裳，松风舞欢娱。

绝顶小天下，浮云任卷舒。

清川若长薄<sup>②</sup>，翠丘似小珠。

腹枵日过午，囊中出果蔬。

糕点呈各式，素荤并腊鱼。

更令心花怒，佳酿三大壶。

开席石坪上，设筵在荒芜。

饥渴失常态，喝汤如饮驴。

行令佯风雅，争赢不认输。

推杯又换盏，猜拳辨有无。

喧闹惊飞鸟，强项筋青粗。

黑脸酒后殷，白肤添赤朱。

舌僵语无状，头旋眼模糊。

转瞬日西坠，天暝暮云乌。

跌扑下山去，昏乎困歧途。

育林封山久，何处问樵夫？

归来夜已阑，勃勃咏以书。

注释：

①苍蒲：苍绿色的蒲草。

②长薄：草木交错生长。

# 晨练遇雨忆与亲人短聚长别，赋得以寄家姊

晓出寻佳景，南山顶上观。

莺催清梦后，月落翠峰前。

蛙鼓流溪上，霞光挂树尖。

风摇斑驳影，转瞬雨涟涟。

闪掠苍松岭，雷惊黑土川。

隆隆人胆破，惴惴鬼心悬。

警世真谛在，花红月不圆。

阴晴安久待，聚散总难全。

寄语诸亲友，长嘘亦枉然。

但将今夜梦，飞向别离园。

# 中考高考后

春惧镜花水月，心猿意马惶惶。

都道骄兵必败，岂敢跋扈飞扬。

宁效引弓小儿，不作捕蝉螳螂。

堪喜师生勤苦，背水一战辛忙。

多少晨昏夜半，课窗灯火辉煌。

或学数学理化，或读锦绣文章。

老师谆谆教诲，涓涓流入心房。

早春风寒猎猎，盛夏灼灼炎光。

三年心血汗滴，换来金桂飘香。

双考凯歌齐奏，一枝独秀刘郎①。

鳌头独占北大，幼树参天栋梁。

光环转瞬即逝，切忌得意张狂。

胜败人生常态，骄妄定遭祸殃。

唯我全体良师，心中自有主张。

务实求真奉献，心胸包罗万方。

为育莘莘学子，敢于蹈火赴汤。

战战兢兢履冰，绕礁破雾慎航。

春来播撒良种，秋收定会满仓。

期冀逆水行舟，众心拼向上游。

师生呕心沥血，为国添砖加油。

年年金风送爽，把酒欢庆丰收。

注释：
①刘建同学考上北京大学。

# 新农村

昔日农家苦，劳顿倍凄凉。

衣破难蔽体，三人共一裳。

囊中缺钱钞，枵腹①待食粮。

每逢春夏荒，无所接青黄。

野菜和水煮，树皮充饥肠。

一从改革后，祥云漫罩山乡。

税赋蠲②免尽，耕作自主张。

晦气清除尽，激情空前彰。

险径成高速，荒野屹厂房。

山间硕果累，宅前养鱼塘。

人兴六畜旺，天瑞粮满仓。

物流通四海，特产达三江。

茅檐成史迹，僻野建华堂。

汽车门前驰，电视大幕墙。

席间有海鲜，身上着皮装。

暇日遣娱兴，歌舞在晒场。

贫者有低保，富钱存银行。

每当夕阳照，乡间呈瑞祥。

落日傍高岭，云舒映霞光。

暮色笼原野，薄雾隐平冈。

鸟归山林寂，牛羊进圈忙。

灯火次第亮，炊烟袅甜香。

愚野气渐去，文明进农庄。

盛朝无阕事，普天乐安康。

2011 年 10 月 24 日

注释：

①枵腹（xiāo fù）：空腹，谓饥饿。

②蠲（juān）：祛除、免除、去掉。